Josef Seiler

# Volksmärchen und Legenden des Landes Paderborn

**Josef Seiler**

**Volksmärchen und Legenden des Landes Paderborn**

1. Auflage 2011 | ISBN: 978-3-8460-0014-4

Erscheinungsjahr: 2011

Erscheinungsort: Paderborn, Deutschland

Reprint-Verlag Paderborn ist ein Imprint des Salzwasser Verlag GmbH, Paderborn. Alle Rechte beim Verlag.

Reprint des Originals von 1848.

# Volkssagen und Legenden

des

# Landes Paderborn.

Gesammelt und herausgegeben

von

## Josef Seiler.

---

Cassel 1848.

Verlag der J. Luckhardt'schen Buchhandlung.

Uns ist in alten Mären wundersvil geseit
Von Helden lobebären, von großer Kuonheit,
Von vröuden Hochgeziten, von Weinen und von Klagen,
Von küener Recken Striten muget ihr nu Wunder hören sagen.
                    Der Nibelunge Not.

Faſt alle Gaue Deutſchlands haben ihre im Munde des Volks lebenden Sagen geſammelt; nur das uralte Bisthum Paderborn iſt in ihrem Kreiſe noch nicht vertreten. Und doch wohnen an den Ufern der Lippe und der Weſer, in den Schluchten des Teutoburger Waldes und in den Steppen der Senne der tiefpoetiſchen Mythen nicht wenige. Dieſe im verborgenen duftenden Blüten zu ſammeln, und die ſchönſten von ihnen zum Kranze zu reihen, das war lange Zeit her mein Bemühen. Der Inhalt nachfolgender Blätter iſt das Ergebniß meiner mit Vorliebe begonnenen und fortgeſetzten Arbeit. Mögte ich meinen Zweck: einen kleinen Beitrag zu dem reichen Schatze deutscher Sagenpoesie zu liefern, doch nicht ganz verfehlt haben.

Die zweite Abtheilung meines Werkchens enthält einige metrisch bearbeitete Sagen. Mir schienen gerade diese Stoffe der Darstellung in Balladenform günstig. Ob sie hier am rechten Orte stehen, das mögen kompetente Richter entscheiden. Daß die Form selbst keiner Entschuldigung bedürfe, versteht sich wol von selbst.

Lügde bei Pyrmont.

Josef Seiler.

# Erste Abtheilung.

## Die Wasserfei.

Von den alten Grafen von Pyrmont erzählt man viele wunderbare Geschichten; die wunderbarste von allen aber ist die, welche sich mit dem Grafen Dieterich zugetragen hat, und welche ich euch jetzt berichten will. Er zog nämlich einmal an einem Maitage von seinem Schlosse auf dem Schellenberge hernieder in's grüne Thal. Zu seiner Zeit war an dem Orte, wo später der heilige Born, oder wie sie es jetzt nennen: die Mineralquelle, hervorsprudelte, noch ein großer, blinkender See, von hohen Eichen umgeben. Das war Herrn Dieterichs Lieblingsort, und oft saß er am Ufer des Seees, dem Rauschen des Wassers horchend, und sich erfreuend am Duft der Blumen und Bäume. Auch diesesmal lenkte er dorthin sein Roß. Seine Knappen und Knechte ließ er daheim auf der Burg, denn er war gern allein in den kühlen Schatten der uralten Bäume. Als er näher kam, sah er zu seinem großen Erstaunen auf einem bemoosten Felsen am Rande des Seees eine hohe, anmuthige Frau sitzen. Ihre Stirn war wie Schnee, ihre Wangen wie knospende Rosen, ihre Locken wie fließend Gold. Ein Gewand von himmelblauer Seide hüllte ihre Glieder; ein Gürtel von purpurfarbnem Sammt schmiegte sich um den schlanken Leib; Diamanten und Smaragde funkelten in ihrem Haar. In ihrem Schooß ruhte eine Harfe mit silbernen Saiten, über die das Weib bisweilen mit ihrer schönen Hand hinfuhr, daß leise, sehnsuchtsvolle Akkorde daraus hervorquollen. Als aber Graf Dieterich ganz nahe war, griff sie kräftig in die Saiten, und sang zu den hellen jubelnden Klängen:

> „Dieterich, lieber Grafe mein,
> Sollst mein herzliebster Buhle sein;
> Sollst mit in mein kristallen Schloß,
> Soll ruhen Dein Haupt in meinem Schooß."

Wie der Graf ihre liebliche, lockende Stimme hörte; wie er hineinsah in ihre veilchenblauen, verlangenden Augen, da ward ihm gar seltsam um's Herz. Es währte lange, ehe er fragen konnte:

„Wer seid Ihr denn, edle Frau, und wie kommt Ihr hierher, an diesen abgelegenen Ort?" „Steig erst ab von Deinem Rosse, und setz Dich zu mir; dann will ich Dir Alles erzählen." Der Graf that nach ihrem Willen, und sie begann, ihren weichen Arm um seinen Nacken schlingend, zu erzählen: „Ich bin die Herrin des Seees, und tief auf seinem kühlen Grunde steht mein Schloß. Dich habe ich lange gekannt, Du theurer Held, und oft meine Arme sehnend nach Dir ausgestreckt. Aber erst heute ward es mir gegeben, Dich zu finden. So komm denn mit mir hinab in meine Wohnung. Dreimal drei Tage darfst Du bei mir sein; doch am zehnten Tage mußt Du immer wieder herauf. Willst Du, Graf Dieterich, willst Du?" Der Graf erwiederte, stammelnd vor Entzücken: „O laßt mich nicht länger harren, hohe Frau; nehmt Euren Knecht nur schnell mit in Euer kühles Schloß!" „Aber eins mußt Du mir versprechen, mein Buhle: nimmer einer andern, und wäre sie noch so schön, Deine Liebe zuzuwenden. Das wäre schlimm für uns beide, sehr schlimm." Der Graf antwortete: „Wie könnte eine andere Eingang in das Herz finden, worin Ihr, wundersame Frau, wohnt! Niemals kann Graf Dieterich

Euch treulos werden." Da griff die Wasserfei wieder in die Saiten, daß es seltsam und beschwörend über den See hinrauschte. Die Wellen bewegten sich, theilten sich; eine Marmortreppe ward sichtbar; der Graf und die Fei stiegen hinab, und die Wasser kehrten wieder zurück und schlugen über ihren Häuptern zusammen. Viele, viele Stufen stiegen sie hinab. Ein andrer Mensch hätte unter den Wellen nicht leben können, aber der Graf war unter dem Schutze der Wasserfei, und so athmete er in der Tiefe frei und leicht wie in heitrer Sommerluft. Endlich war die Treppe zu Ende, und sie standen vor dem Kristallschlosse, dessen funkelnde Dächer unter köstlichen Korallenbäumen hervorragten. An der Pforte des Palastes wurden sie von einer Schaar lieblicher Mägdlein empfangen, welche die Herrin und den Grafen in süßen Liedern willkommen hießen. Die Säle und Hallen, die gewölbten Gänge, die Säulen, die blumenduftenden Gärten der Wasserfei waren von solcher Schönheit und Anmuth, daß der Graf schier schwindlig ward vor all der Pracht. Aber die Herrin weckte ihn alsbald aus seinem Staunen, indem sie ihn neben sich auf eine Bank zog, in die Saiten ihrer Harfe griff und sang:

„Ruh' aus in meinen Armen, Du Held,
Vor dem Getümmel der argen Welt!
Von all seinem Kummer, von all seiner Pein,
Dein Herze soll geheilet sein."

Dann gab sie den Frauen ein Zeichen sich zu entfernen. Sie blieb mit Graf Dieterich allein in dem leuchtenden Gemache, der süßen Liebeslust ungestört zu pflegen. Schnell verging die Zeit, und ehe der Graf es ahnte, waren dreimal drei Tage verronnen. Da sprach die Wasserfei zu ihm: „Jetzt mußt Du mich auf einen Tag verlassen. Ist er vorüber, so finde Dich wieder am Ufer meines Seees ein, rühre die Saiten der Harfe, und alsbald wird Dir die Marmortreppe erscheinen." Darauf reichte sie ihm ihr Saitenspiel, und nahm Abschied von ihm. — Dieterich ging allein die Stufen hinan; die Wogen theilten sich, und er befand sich bald oben am Ufer des Seees. Kaum war der Tag vorüber, so ließ er die Saiten der Zauberharfe erklingen, wodurch ihm dann auch bald die Treppe sichtbar ward, auf der er in die Arme der Wasserfei herniederstieg.

So lebten sie viele Jahre lang. Der Graf wurde nicht älter, seine Liebe nicht schwächer. Da geschah es, daß der König ein großes Turnei ausschreiben

und alle Ritter seines Landes dazu einladen ließ. Es sollte gekämpft werden auf Leben und Tod, und der Sieger sollte des Königs Tochter zur Gemahlin haben. Auch Graf Dieterich von Pyrmont hatte den Ruf vernommen, und bat die Wasserfei um Erlaubniß, demselben folgen zu dürfen. Sie suchte ihn zwar auf alle Weise von seinem Vorhaben abzubringen, aber er ließ sich's nicht ausreden. Seine Ehre, sagte er, stehe auf dem Spiel, und damit entkräftete er all ihre Bitten und Thränen. Da sie endlich sah, Alles sei vergeblich, langte sie eine Halskette von rothen Korallen hervor, reichte sie ihm hin, und sprach: „So lange Du diesen Talisman unversehrt trägst, kann nicht fremde Liebe Dein Herz berücken, und Alles bleibt gut. Aber wenn sie je von Dir käme — hüt Dich Graf — hüt Dich! —"
Herr Dieterich versprach, den Schmuck auf's sorgfältigste zu bewahren, und nahm unter vielen Thränen Abschied von der Wasserfei. Eine große Anzahl von Rittern und Herren war zu des Königs Turnei von nah und fern angekommen, und das Ritterspiel ward auf's glanzvollste eröffnet. Aber wie viele, wie starke Kämpfer sich ihm auch entgegenstellen mogten, Graf Dieterich besiegte sie alle, so daß ihn

zuletzt, trotz des allgemeinen Jubels, eine große Angst vor dem Ausgange des Turneis befiel. Aber er trug ja den Talisman, und so konnte ihm nichts übles widerfahren. Jetzt kam der letzte, gewaltigste Ritter zum Kampfe. Lange dauerte der Streit; aber zuletzt lag auch der gewaltigste Kämpfer, besiegt von des Grafen Hand, am Boden. Unter dem fröhlichen Zuruf des Volks und der Ritter führte der König selbst seine wunderschöne Tochter dem Grafen zu. Dieser stand wie betäubt, und merkte es lange nicht, daß ein Schwerthieb des gewaltigen Ritters die Halskette, die er, als edlen Schmuck, über der Rüstung trug, zertrümmert hatte. Wie er trübselig auf die im Staube umherliegenden Korallen herabsah, glaubte der König ihn für den Verlust des theuren Kleinods entschädigen zu müssen, und hing ihm mit eigener Hand eine kostbare Goldkette um. Graf Dieterich ließ Alles, was man wollte, stillschweigend mit sich geschehen. Und wie es nun einmal mit ihm gekommen war, konnte er auch nicht anders. Denn hätte er von seiner Verbindung mit der Wasserfei reden wollen, man hätte ihn als einen Gotteslästerer und Hexenmeister verbrannt. — Bis jetzt hatte er die Königstochter nur mit gleichgültigen, ja beinahe feindseligen Augen angesehen. Aber wenn sie ihn nun so theilnehmend nach der Ursache seines Kummers fragte; wenn sie seinen Trübsinn mit tausend Schmeicheleien zu verscheuchen suchte; wenn sie ihn ihren theuren Ritter nannte: — da wuchs in seinem jungen Herzen wieder Lust am Leben auf. Und mit der Lebenslust schlich sich auch die Liebe unvermerkt und leise in seine von keinem Talisman mehr bewachte Brust. In dieser Zeit zogen oft finstre, warnende Harfentöne durch seine Träume; er sah die Wasserfei sitzen, klagend, weinend, händeringend. Aber seine erste Liebe war schon vergessen, wenigstens wie ein abgetragenes Kleid bei Seite gelegt.

Als nun der Hochzeitstag da war, und der Graf mit der schönen Braut am Altare stand, da stand noch eine dritte daneben, und das war die Wasserfei. Und in dem Augenblicke, wo der Graf das Jawort aussprechen wollte, umschlangen ihn ihre feuchten Arme so wild, so kalt, daß er todt an des Altars Stufen niedersank.

Es währte lange, ehe sich die Leute von ihrem furchtbaren Entsetzen erholen konnten. Als sie aber später den Leichnam begraben wollten, war er nirgend zu finden. Er ruhte im Kristallschlosse der Wasserfei.

## Die Mutter Gottes in Soest.

In der guten Stadt Soest war einmal ein Bürgermeister, der hieß van Schüren. Er war ein sehr alter Mann und schon so schwach und gebrechlich, daß er kaum mehr gehen konnte. Diesem ist einmal im Schlafe eine Stimme vorgekommen, die also geredet hat: "Steh auf, und nimm unsrer Lieben Frauen Bild von der Wiesen, und trag es zu den Schwestern im Paradiese,\*) daß man mir dort Messen und feierliche Gesänge singe. Und darnach trag das Bild wieder nach Soest in unserer Lieben Frauen Münster von der Wiesen, und stell es dort an seine gewöhnliche Stelle." Bald nachher ist dem alten Bürgermeister dieselbe Stimme zum zweiten male vorgekommen, worüber er sich sehr erschreckt hat. Er hat also seinen Beichtvater um Rath gefragt, wie er sich mit diesen Dingen verhalten sollte. Der sagte ihm, er sollte sich, ehe er zu Bett ginge, dreimal mit Weihwasser segnen; wäre es dann etwas gutes, so würde es sich wohl weiter melden. Als er dies genau befolgt, und sich darauf schlafen gelegt, kam

---
\*) Ehemaliges Nonnenkloster in der Nähe von Soest.

es zum drittenmale, und weckte ihn haſtig aus dem
Schlafe. Als er die Augen aufſchlug, fand er's
vor ſich ſo hell wie Sonnenſchein, und ſah das
Bild unſrer Lieben Frau deutlich vor ſich ſtehen.
Es redete ihn folgendermaßen an: „Hatte ich Dir
nicht geſagt, Du ſollteſt mein Bild aus dem Mün-
ſter von der Wieſen nehmen, und es zu den frommen Schweſtern im Paradieſe tragen, damit mir
dort eine Meſſe geſungen würde, und dann ſollteſt
Du das Bild wieder zurück tragen nach Soeſt in
die Kirche von der Wieſen auf ſeine alte Stelle?"
Er antwortete: „Ich armer, gebrechlicher Menſch,
wie ſoll ich das heilige Bild tragen; wie in finſtrer
Nacht den Weg finden?" „Du ſollſt, erwiederte
die Stimme, das Bild nehmen, und aus Sankt
Walburgis Pforten mit ihm gehen. Da wirſt Du
einen weißen Hund finden, der Dir den Weg zeigen
ſoll." — Als er nun mit dem Bilde vor das Thor
an die Steinbrüche kam, fand er dort einen ihm
ganz unbekannten, mit Dornen dicht verwachſenen
Weg. Wol grauete es ihm, die wilde Straße zu
wandern, doch nahm er ſich ein Herz, und folgte
dem weißen Hunde ganz den Weg zu Ende, ohne
daß ihm irgend ein Leid geſchehen wäre. Als er

vor das Paradies kam, verließ ihn der Hund, worüber er sehr traurig ward; denn er wußte nicht, wer ihn nun auf dem Heimwege vor Unfall schützen würde. Als nun die Messen und die Loblieder gesungen und beendigt waren, fand der Bürgermeister den Hund wieder vor dem Paradiese, an dem Orte, wo jetzt das Heiligenhäuschen steht. Das Thier leitete ihn so fort bis wieder an Sankt Walburgis Pforten, wo er es gefunden hatte. Dort sprach die Stimme: „Eine solche Prozession soll alle Jahre einmal geschehen, den nächsten Sonntag nach unsrer Lieben Frauen Geburt."

Als dieser Bürgermeister nun bald nachher starb, hatte man der Sache wenig acht, so daß die Prozession nach und nach ganz unterblieb. Da erhob sich aber in Soest eine große Pest, bis man wieder anfing, die Prozession auf eine würdige Art zu begehen. Darauf hielt die Seuche sogleich inne. Und so ist es fortan geblieben, bis endlich das Bild, als die Lutherischen nach Soest kamen, nach Werl gebracht wurde, wo es noch heute zu sehen ist.

## Die Eggester Steine.

Die alten Heiden, welche einst unser Vaterland bewohnten, waren beinahe alle vom starken Kaiser Karl besiegt und gezwungen worden, sich taufen zu lassen. Herzog Wittekind war mit den Seinen allein noch übrig. Aber auch er konnte sich nicht lange mehr halten, und seine Macht wurde alle Tage schwächer. Da erschien ihm einmal bei Nacht der Teufel, und versprach ihm, einen Heidentempel zu bauen, der so gewaltig sein solle, daß ihn der starke Karl wol müßte stehen lassen. Um dieses Heiligthum sollten sich dann Alle, die noch den alten Göttern treu wären, in fester Einigkeit schaaren. Selbst viele, ja die meisten der Neubekehrten würden wieder umkehren, da in ihrem Herzen der christliche Glaube nur erst schwache Wurzel getrieben habe. Und dafür, versicherte der Teufel, wolle er nichts anders, als daß nur Wittekind und die Seinen dem väterlichen Glauben nimmer entsagten! Mit Freuden willigte der Herzog ein, und der Teufel versprach dagegen, den Bau in der nächsten Vollmondnacht zu vollenden. Von dieser Zeit an waren Wittekinds Waffen gegen Kaiser Karl wunderbarer

Weise glücklich, und sein Anhang vermehrte von sich Tag zu Tag. So kam die Zeit des Vollmonds, und der Teufel begann sein Werk. Ungeheure Felsen schleppte er aus aller Welt Enden zusammen, und thürmte sie zu Gewölben und Hallen von ungeheurem Umfange über einander. Aber als nun der Riesentempel beinahe ganz vollendet da stand, da hat es Gott dem Wittekind plötzlich in's Herz gegeben, daß er seinen argen Wahn erkannte. Eiligst ging er hin in des starken Karls Lager, und ließ sich reumüthig taufen. Da das der Teufel gewahr wurde, fuhr er in großer Wuth über den Tempel her, und riß Säulen und Wände und Gibel mit entsetzlicher Kraft auseinander, die Felsen hierhin und dorthin zerstreuend. Das sind die Eggester Steine, die noch jetzt, grau und verwittert, am Eingange in den Teuteburger Wald zu sehen sind. Auf der Höhe des einen findet sich ein Gemach mit einem Opfersteine, welches der Teufel zu zerstören wohl vergessen haben muß. In viel späterer Zeit hat einmal ein christlicher Einsiedler in den Höhlen der Felsen gewohnt, und in die rauhen Wände erbauliche Heiligenbilder gehauen, welche ebenfalls noch deutlich genug zu sehen sind.

## Die Bischofswahl.

Einmal wollten die geistlichen Herren in Paderborn einen Bischof wählen, konnten aber lange Zeit hindurch nicht einig werden, wer aus ihnen der würdigste zu dem hohen Posten sei. Endlich, weil sie sich gar nicht anders zu rathen wußten, verbanden sie dem jüngsten der Domherren die Augen, gaben ihm den Bischofshut, und stellten sich dann alle im Kreise um ihn her. Darauf bedeuteten sie ihn, er solle sich dreimal rechts und dreimal links herumdrehen, und dann dem ersten besten den Bischofshut auf's Haupt setzen. Der solle dann unwiederruflich Bischof sein. Der junge Domherr war aber klüger als die andern alle. Er drehete sich bedächtig dreimal hin, dreimal her, und stülpte dann die Mitra — sich selbst auf. So wurde er Bischof, und die andern zogen mit langen Gesichtern ab.

---

## Der größte Schatz.

In der Hermannsburg\*) bewachen die alten Zwerge unerhörte Schätze und Kostbarkeiten. Da

---

\*) Berg, eine Meile von Pyrmont.

liegen Perlen, goldene Aepfel, Diamanten und Rubine haufenweise aufgeschichtet; da lagert uralter, würziger Wein in Fässern von Weinstein (die hölzernen Dauben sind vor Jahrhunderten schon vermorscht); da sprießen in unterirdischen Gärten goldene Rosen und silberne Lilien. Und wer nur die Zeit recht weiß, wann sich der Berg öffnet, der kann auf eine Stunde lang hinabsteigen, und von den Schätzen mitnehmen und von dem Weine trinken, so viel er mag. Aber der größte Schatz, der in der dunkeln Tiefe ruht, das ist der alte Hermann, den die Zwerge gebannt und verzaubert halten bis zu seiner Zeit. Aber wenn seine Zeit da ist, dann wird der alte Hermann erwachen und aufstehen, und die Seinen werden sich zu ihm sammeln, und die alte deutsche Freiheit erringen, daß es ein Land, ein Volk, ein Geist wieder sei, wie in frühern herrlichen Tagen.

## Die Rache der Zwerge.*)

**Mit** reicher Beute, die er unter Rothbart's Fahnen erworben, kehrte Ritter Hermann zurück aus Palästina. Es war ein Tag hohen Jubels, als er in das alte Schloß seiner Väter, tief in den westfälischen Bergen, seinen Einzug hielt. Denn viele Jahre war er fern gewesen von Weib und Kind, und manchmal hatten diese in ihrer Einsamkeit an seiner Wiederkehr gezweifelt. War doch so mancher ausgezogen, das heilige Kreuz zu befreien, von dem nie wieder Kunde gehört wurde in seiner Heimat.

Nach einiger Zeit, als der Ritter alle Geschichten von den Schlachten, Eroberungen und Gefahren erzählt; als er alle seine mitgebrachten Schätze gezeigt und wieder gezeigt hatte, sprach er zu seiner treuen Hausfrau: „Wir bewohnen ein altes Haus, und seine Zinnen und Mauern begannen schon längst zu wanken. Nun bin ich aber reich genug, eine neue Burg zu bauen, stattlich und fest, worin es sich angenehmer und sicherer wohnt. Darum habe ich mir dort jene Bergspitze ausersehen, ein Schloß

---

\*) Jüngere Mythe.

darauf zu gründen. Oder wüßteſt Du einen beſſern
Bauplatz, treue Hildeburg?" Des Ritters Gattin
meinte zwar anfangs, es ſei nicht gut, das alte
Ahnenhaus ſo ſchnöde zu verlaſſen; und es ſei auch
wol noch nicht ſo gar baufällig und morſch. Aber
als Hermann ſie darauf in der verwahrloſeten Feſte
umherführte; als er ihr zeigte, wie hier eine Thurm=
ſpitze gänzlich zerbröckelt war, wie dort eine Zimmer=
decke den Einſturz drohete, wie Raben und Uhu's
durch gähnende Mauerlücken ungehindert ein = und
ausflogen; als ſie dann noch an die unermeßlichen
Schätze und Koſtbarkeiten des Ritters dachte —:
gab ſie endlich ihre Zuſtimmung zu dem Baue, und
wenige Tage nachher waren ſchon die Werkleute
beſchäftigt, die jähe Höhe abzutragen und zu ebnen,
damit ſie zur Bauſtelle tauglich ſei.

In der folgenden Nacht hatte Ritter Hermann
einen gar ſeltſamen Beſuch. Von einem ſonderbaren
Scharren und Hüſteln geweckt, erblickte er vor ſeinem
Bette eine ganze Schaar winziger alter Männchen,
die faſt wie Bergleute gekleidet waren. Jeder von
ihnen trug ein goldenes Aempelein, wodurch das
Schlafgemach des Ritters ganz erhellt wurde. Der
anſehnlichſte unter den Kleinen trat etwas vor, und

begann unter wunderlichen Kratzfüßen seine Anrede: "Gestrenger Herr Ritter, wir haben erfahren, daß Ihr gewillt seid, auf jenem Berge ein Schloß zu bauen. Wir wollten Euch aber inständigst bitten, den Bau zu unterlassen." Laut auf lachte der Ritter über dieses Ansuchen. "Wer dürfte es doch wagen," rief er, "mich an meinem Bau auf meinem eignen Grund und Boden zu hindern? Denn der Berg gehört völlig zu meinen Besitzungen. Wer seid ihr denn, ihr kleines verwegenes Volk?" "Wir sind die Herren der Berge," erwiederte der kleine Sprecher sehr ernsthaft. "Und in dem Berge, den Ihr bebauen wollt, wohnen unserer viele. In warmen, mondhellen Nächten aber schlüpfen wir heraus aus den Tiefen, und halten oben ein munteres Tänzlein. Wenn nun ein Schloß da stände, so wäre uns das, wie Ihr leicht einsehet, sehr hinderlich. Und nun gar unsre schmucken Dirnlein, wenn sie einmal Lust bekämen, sich in dem Brunnen, der auf dem Berge quillt, zu baden, und es triebe sich dann vielleicht gerade ein Troß roher Knappen dort umher; — baut lieber auf einen andern Berg, Herr Ritter! Wir Berggeister und Zwerge wollen Euch gern behülflich sein." Aber Ritter Hermann war nicht von der Art, sich von einem vorgenommenen Werke, zumal auf solche Weise, abbringen zu lassen. „Setzt meine Geduld nicht länger auf die Probe," rief er im höchsten Zorne. „Packt Euch sogleich fort, und saget denen, die Euch hergesandt haben, daß ich bauen werde, wo immer es mir beliebt, und daß nicht Zwerge, nicht Geister mich daran hindern sollen." Die Zwerge entfernten sich trippelnd und seufzend, und es sah beinahe aus, als wenn einer oder der andere von ihnen eine Thräne sich aus den Augen wischte. — In den drei folgenden Nächten kamen und gingen die Zwerge ebenso. Aber durch ihre Bitten wurde Ritter Hermann nur noch hartnäckiger; sie kamen daher nicht wieder, und der Bau begann ungehindert.

Manche stolze Eiche, die Jahrhunderte hindurch ihr Haupt stolz emporgehoben hatte, mußte sinken; mancher Steinkoloß wurde dem Schooße der Erde, wo er lange geruht, entrissen. Alles wurde mit unsäglicher Anstrengung den Berg hinangeschleppt, und mehr als ein Roß stürzte, zum Tode ermattet, unter der Geißel des Treibers an dem steilen Hange nieder. Täglich war der Ritter selbst oben bei den Arbeitern, und ordnete an und befahl, und ließ sich's nicht verdrießen, das Kleinste wie das Größte immer sorglich im Auge zu haben. So wuchsen denn bald die ersten Mauern trotzig empor, und nicht gar lange währte es mehr, so konnte man schon Größe und Gestalt der neuen Burg erkennen. Der Brunnen der Zwerge sprudelte mitten im Schloß=hofe; so hatte der Ritter es ausdrücklich gewollt. Und immer höher hoben sich die Mauern; es bildeten sich allmählig die Zinnen und Warten, Erker und Balkone. Und endlich, nachdem dreimal die Blätter gefallen waren vor den Stürmen des Herbstes, stand der Bau herrlich vollendet da. Zehn Thüren ragten, mit Stahl gedeckt, ringsumher empor. Die mittelste höchste Zinne war ganz vergoldet. Alle Thüre der Burg waren von Kupfer, und über dem Eingange in den Rittersaal prangte Hermann's Wappen, von gediegenem Silber gearbeitet.

Der nächste erste Mai war zur feierlichen Einweihung dieses Prachtgebäudes bestimmt, und Einladungen waren an alle Ritter und Herren der westfälischen Lande ergangen. Viele Wochen vorher schon sah man sie auf hohen Rossen der Hermannsburg zureiten, denn keiner der Geladenen wollte fehlen bei dem Feste. Ueber hundert Edle kamen zusammen, den Tag des ersten Mai zu begehen. Und als nun Alle versammelt waren, da begann das Fest mit einem großen Turnei. Zu Roß und zu Fuß, mit Schwert und Lanze, einzeln und in großen Massen ward in dem geräumigen Burghofe gekämpft, und manch köstlichen Preis trug die Tapferkeit der Ritter davon. Nach beendigtem Kampfspiel zogen sie in die Hallen des Schlosses ein, wo ein gar stattliches Mahl gehalten wurde. Die Tafeln waren mit Purpurdecken belegt; man speisete von silbernen Schüsseln und trank welschen und griechischen Wein aus goldenen Pokalen. Während des Mahles priesen weise Spielleute in lieblichen Liedern die Thaten von Hermann's Ahnen, und hörten nicht auf, die edlen Zecher zu ergötzen, bis spät Abends vom Tanzsaale her lustige Weisen erklangen, die Ritter und Frauen zu muntern Reigen lockend.

Stunde um Stunde dauerte die Lust, bis endlich die Mitternacht stumm und schwarz herniederkam. Da geschah plötzlich ein gewaltiger Stoß aus der Tiefe herauf, daß das ganze Gebäu erzitterte, und die trunkenen Ritter entsetzt zusammenfuhren. Und noch ein Stoß, und wieder einer, daß die Mauern borsten und die Thürme einstürzten! Und sieh da, und dort, und dort, tausend kleine Flammen wie Irrlichter klommen an den Säulen und Zinnen hinauf, und leckten an den Balken und Dächern, und wurden größer, und vereinten sich, und bald war die ganze Burg eine einzige zu den Wolken aufschlagende Lohe. Unzählbare kleine Gestalten umtanzten hohnlachend die prasselnde Glut. Ritter Hermann aber mit all seinen Gästen wurde begraben unter dem einstürzenden Schlosse. Das war die Rache der Zwerge.

Viele Jahrhunderte sind vorübergegangen. Aber noch stehen auf einer steilen Bergkuppe an den Ufern der Emmer die Ruinen der Hermannsburg; noch quillt in dem wüsten Gemäuer, silberhell wie ehemals, der Brunnen der Zwerge; noch leben Viele, die in duftigen Sommernächten die Tänze der alten Zwerge belauscht haben.

## Der Hirsch von Corvei.

Der Tag des heiligen Vitus wurde von den Mönchen zu Corvei immer als ein hoher Fest- und

Freudentag begangen; denn der heilige Vitus war
der Schutzpatron der Abtei. Das edelste Wild, das
der Solingerwald hegte; der feurigste Wein, der in
den Klosterkellern lagerte; die schmackhaftesten Fische,
die in den Teichen des Abtes wohnten; das alles
prangte alsdann auf der geistlichen Tafel. Das
beste Stück aber war immer ein weißer Hirsch, der
sich, ungerufen und ungesucht, jedes Jahr selbst in
der Küche von Corvei einstellte, sich schlachten und
braten ließ. Und dieses kostbare Gericht ward, einem
alten Brauche gemäß, unter die Armen vertheilt,
die sich stets reichlich im Kloster einfanden. Weder
der Abt noch die Mönche bekamen je einen Bissen
von dem weißen Hirsche. Nun war einmal ein Abt
in Corvei, ein strenger, gebieterischer Mann. Der
befahl, das nächste mal den weißen Hirsch für seine
Tafel zuzurichten; die Armen könnten ja mit gerin=
gern Speisen vorlieb nehmen. Am nächsten Sankt
Vitustage geschah es denn auch nach seinem Willen,
und das köstliche Wildpret ward für ihn und die
Mönche aufgetragen. Aber wie er just das Messer
erhob, um für sich das saftigste Stück aus der Keule
herauszuschneiden —, hu! da zuckte es in der Schüssel,
da begann sich's zu regen, zu heben; — der gebra=

tene weiße Hirsch ward vor den Augen der entsetzten Mönche lebendig, und sprang aus der Schüssel. Der Kopf war unten für die Dienerschaft geblieben, und so rannte der Hirsch ohne Kopf erst dreimal um den Tisch, und dann zum nächsten offenstehenden Fenster hinaus. Keiner der Herren hatte Lust, nachzusehen, wo er blieb. Von dieser Zeit an hat sich kein weißer Hirsch mehr in Corvei sehen lassen.

---

## Vom bösen Amtmann.

Vor langer Zeit ist einmal zu Lippspringe ein Syndikus und Amtmann gewesen, der der böse Moller geheißen war. Denn er war aller Sünde und Falschheit Meister, und das Recht war das letzte, wonach er fragte. Einst ließ er ein junges Mägdlein, welche Grete geheißen und weit und breit die Schönste war, vor sich kommen, und bedeutete sie, wie sie der Hexerei und Zauberkunst hart bezüchtigt sei. Es half nichts, daß die schöne Grete ihre Unschuld betheuerte; daß sie den höchsten Gott zum Zeugen ihrer Reinheit anrief. Denn der böse Moller hatte sie nur aus unlauterer Absicht vor sich fordern lassen. Sie wurde daher entkleidet und auf die Folter gespannt. Als nun der arge Richter ihren nackten Leib sah, da entbrannte er vollends in wilder Lust zu der schönen Dirne. Er hieß alle Schöffen und Gerichtsdiener hinausgehen, und sprach dann zu der schönen Grete: „Dein armes junges Leben dauert mich; es steht in meiner Hand. Willst Du mir zu Willen sein, und mich Deiner Liebe genießen lassen, so sollst Du nicht allein sogleich frei werden, sondern auch ein angenehmes, sorgenloses Leben in meinem Hause führen." Die arme, gequälte Grete rief in ihrer Todesangst: „Alles, alles will ich versprechen, nur entlaßt mich diesen fürchterlichen Martern." Sogleich ließ der Amtmann sie von der Folter lösen, und nahm sie zu sich in sein Haus, unter dem Vorwande, auf diese Art und durch freundliches Zureden werde er besser ihren unzählbaren Verbrechen auf die Spur kommen können. In seiner Wohnuug ließ er ihr sodann eine warme bequeme Stube einrichten, und brachte alle Tage einige Stunden allein bei ihr zu, ihrer Schönheit genießend. Zuletzt ward Allen, selbst seiner Hausfrau, der Handel verdächtig, so daß sie hinging und das Unwesen dem Gerichtsherrn anzeigte. Alsbald wurde nun der böse Moller eingezogen und auf das Schloß zu Dringenberg gebracht. Hier gab es eine lange Untersuchung über ihn, durch welche er nicht allein des Ehebruchs, sondern noch vieler andern Schandthaten überführt wurde. Schon war der Tag seiner Hinrichtung bestimmt, als er es versuchte, seiner Haft zu entfliehen. Doch er entkam seiner Strafe nicht. Als er in der Nacht vom Gefängnißthurme herabklettern wollte, stürzte er in den Schloßgraben und brach beide Beine. Nicht lange nachher ist er gestorben.

## Das Muttergottesbild.

Die Nonnen im Kloster zu Brenkhausen wollten einmal zur Zierde ihrer Kirche ein Bild der heiligen Jungfrau haben, und ließen einen berühmten Maler aus weiter Ferne kommen, es zu verfertigen. Ein geräumiger Saal im Kloster wurde dem Meister zur Werkstatt angewiesen, und gleich einige Tage nach seiner Ankunft begann er seine Arbeit. Wie dieselbe so weit vorgerückt war, daß man schon die Füße, Hände, den Mantel der heiligen Frau erkennen konnte, kam die Aebtissin alle Tage, und sah nach dem Bilde, wie es wuchs und seiner Vollendung rasch entgegenging. Zwischendurch horchte sie auch auf des Meisters Erzählungen von seiner fernen Heimat, von seinen verwunderlichen Schicksalen, von den herrlichen Bildern, die er hie und da gemalt. Und sonderbar — von Tag zu Tage wurden die Besuche länger, die Erzählungen feuriger; die Aebtissin achtete weniger des Bildes als des Malers; des Malers Arbeit ging immer langsamer von statten, so daß während eines zwei, drei Stunden langen Besuches der zerstreute Meister oft nicht zwei, drei Pinselstriche gethan hatte. Mit dem Bilde keimte und wuchs in ihren Herzen eine Neigung, die bald zur glühendsten Liebe aufschoß. Endlich war das Bild fertig, und der nächste Feiertag ward zu seiner Aufstellung bestimmt. Als der Tag kam, war die Kirche gedrängt voll von Menschen, die alle das Bild sehen wollten, an welchem der berühmte Maler so lange gearbeitet hatte. Aber ein dumpfes Murmeln ging durch die Menge, und hier und dort schüttelte Einer bedenklich den Kopf, denn das Antlitz der Hochgebenedeiten im Bilde trug unverkennbar die Züge der Aebtissin. Es war als wenn die Aebtissin selbst, in bunte Gewande gehüllt, auf das Volk herabsahe. Jetzt traten die Priester herbei und erhoben segnend die Rauchfässer gegen das Bild, und besprengten es mit geweihtem Wasser. Da fiel die frevelhafte Schilderei plötzlich mit großem Geräusch von ihrem Fußgestell zu Boden. Als man sie aufheben wollte, war die Leinwand von oben bis unten zerrissen. Das Gesicht war ganz unkenntlich geworden. Der fremde Maler ist von der Zeit an verschwunden gewesen, und niemand, auch die Aebtissin nicht, hat ihn je wieder erwähnt. Heute kennt man nicht einmal seinen Namen mehr.

―――――

## Die feurigen Rosen.

Am Fuße des Kirchberges bei Lügde wuchsen einmal drei feurige Rosen in einer Nacht aus der

Erde, blüheten eine Stunde lang und verschwanden
dann wieder. Und so in der zweiten, dritten Nacht
und immer. Die Leute in Lügde sahen die leuch=
tenden Blumen, und fürchteten sich erst vor ihnen,
wie vor Gespenstern. Als sie aber jede und jede
Nacht die feurige Blüte sahen, wurden sie endlich
dreister; und einmal faßten sie sich ein rechtes Herz,
und gruben, wo in der Nacht die Rosen geleuchtet,
am Morgen unter Gebeten und frommen Sprüchen
nach. Da fanden sie denn in einiger Tiefe ein
altes steinernes Muttergottesbild. Die Leute waren
klug, und verstanden sich auf Wunder und Zeichen,
und bauten an derselben Stelle eine Kirche, und
stellten das Steinbild in einer Nische der äußern
Mauer. Lange hat es dort gestanden, bis es vor
ungefähr hundert Jahren auf einmal verschwunden
war. Da nahmen sie einen Sankt Kilian, der, als
Stadtpatron, über dem Thore von Lügde stand,
und stellten ihn in die Mauernische an die Stelle
des Muttergottesbildes. Dort steht er heute noch,
und hält mit Stab und Bischofshut ernste, schweig=
same Wacht über die alte Kirche. Zum Andenken
an das verlorene Bild aber ward ein anderes, dem
ersten völlig gleich, aus Holz geschnitzt, und im

Chor der Kirche an einer eisernen Kette aufgehängt, wo es noch heutigen Tages zu sehen ist.

## Austern und Kröten.

Dahlheim bei Paderborn ist jetzt eine königliche Domaine; aber sonst war Dahlheim ein Kloster, ein reiches Kloster. Deßhalb lebten auch die Mönche alle Tage in Freuden und waren guter Dinge. Und fiel je einmal ein Fasttag ein, so wußten die geistlichen Herren Eier und Fische köstlicher zu bereiten als das beste Wildpret. Einmal am Aschermittwoch standen auf der Klostertafel viele Schüsseln mit den fettesten Austern. Wohlgefällig lächelnd ergriff der Prior ein Messer, eine der kostbaren Muscheln zu öffnen. Aber in der Hand ward sie ihm in eine eckelhafte Kröte verwandelt. Entsetzt sprang er von seinem Stuhle auf, mit ihm die Mönche, denn nach und nach verwandelten sich alle die delikaten Austern in solch scheußliches Gethier. Das nahmen sich die lüsternen Mönchlein ad notam, und haben nachher nie wieder Austern gegessen.

## Die Domherrenuhr.

Im linken Seitenschiffe des Doms zu Paderborn befindet sich eine kleine Schlaguhr, welche immer um eine Viertelstunde früher geht als die große Thurmuhr. Mancher weiß nicht, was das bedeutet, und macht sich allerlei Gedanken darüber. Es hat aber folgende Bewandtniß damit. In frühern Zeiten traf es sich oft, daß die adligen Domherren in Paderborn gleiche Posten in Hildesheim bekleideten. Wohnten diese Herren nun in Paderborn, so hatten sie alle Jahr nur einmal, an einem gewissen Tage, nach Hildesheim zu reisen, dort dem Hochamte im Dom beizuwohnen, und dann ihren Gehalt als Domherren von Hildesheim einzustreichen. Kamen sie aber nicht zur rechten Zeit, so war der Gehalt für das Jahr verfallen. Einer von ihnen reisete auch in dieser Absicht nach Hildesheim, kam aber trotz aller Eile, erst dort an als die Messe bereits angefangen war. So hatte er die Reise vergeblich gemacht. Wie er wieder nach Paderborn zurück kam, war sein erstes, daß er eine Schlaguhr verfertigen und im Dome aufstellen ließ, welche immer eine Viertelstunde zu früh gehen mußte. Nach ihr richtete er sich fortan mit seiner Abreise, und so kam er nachher nie wieder zu spät. Das ist die Uhr im linken Seitenschiff des Doms zu Paderborn, welche noch immer eine Viertelstunde zu früh geht.

---

## Marienmünster.

Der fromme Bischof Baburad von Paderborn hatte ein Gelübde gethan, der heiligen Jungfrau zu Ehren ein Kloster zu bauen; nur konnte er über den Ort, wo es stehen sollte, nicht einig mit sich werden. Zu derselben Zeit hatte ein alter Hirt, welcher über Nacht bei seinen Schafen im Felde war, ein Gesicht von einer großen Schaar Hirsche mit leuchtenden Geweihen, welche sich erst, als wenn sie etwas suchten, im Thale herumtrieben; sich dann auf einem Flecke zusammenfanden und lagerten, und zuletzt spurlos verschwanden. Der Hirt erzählte die Sache einem Geistlichen, und als sich die Erscheinung allnächtlich wiederholte, seinen Bekannten; das Gerücht davon trug sich hier und dorthin; end=

lich hörte auch Bischof Baburad davon. Im frommen Eifer, diesen höchst merkwürdigen Dingen auf die Spur zu kommen, reisete der heilige Mann selbst nach dem ihm beschriebenen Orte hin, und fand gleich in der ersten Nacht die Sache völlig so, wie man ihm gesagt hatte. Wie er darüber ernsthaft nachdachte, fiel ihm ein, dies sei vielleicht der Ort, welchen sich die heilige Jungfrau zum Tempelplatze ausersehen habe. Er flehete also in brünstigen Gebeten zu der Hochbegnadigten, sie möge, wenn hier ihr Haus stehen solle, ihren Willen in der nächsten Nacht deutlicher kund geben. In der kommenden Mitternacht ging Alles wie früher; einer von den Hirschen aber erhob sich, und trat in die Mitte der andern. Da sah der Bischof, daß dieser statt des Geweihes ein goldenes Kreuz auf dem Haupte trug. Der Hirsch blieb einige Zeit stehen; dann beugte er sich und legte das goldene Kreuz auf den Boden nieder. Darauf war die ganze Erscheinung verschwunden. Jetzt glaubte Baburad Alles verstanden zu haben. Er ließ sogleich an dem Orte den Bau der Kirche und des Klosters beginnen. Der Altar kam genau an die Stelle, wo der Hirsch das Kreuz niedergelegt hatte. Das goldene Kreuz selbst zeigt man in dem Kloster bis auf den heutigen Tag. Dieses ist der Anfang des Klosters Marienmünster.

---

## Legenden vom heiligen Liborius.

### I.

Vor mehr als tausend Jahren sind die Gebeine des heiligen Liborius aus Frankreich nach Paderborn gebracht worden. Als man die Gruft, wo sie zuerst geruhet, öffnete, drang ein Geruch, besser wie Rosenduft, daraus hervor, und verbreitete sich rings umher. Nachdem man darauf Messen und Lieder über den heiligen Leichnam gesungen, ward er in einen goldenen Sarg gelegt, und von greisen, ernsthaften Männern aus Frankreich getragen. Wo sie herkamen, sproßten Blumen auf, und fremde, nie gesehene Vögel kamen und sangen preisende Lieder. Wo sie im freien Felde übernachteten, quollen klare Brünnlein zu ihrer Erquickung; Segen brachte ihre Reise allen Fluren, durch welche die Straße ging. Kamen die Männer mit ihrer kostbaren Last an ei-

nen Fluß, so gingen sie hindurch, ohne nur ihre
Füße zu benetzen. Die Dornen am Wege stachen
sie nicht, und die scharfen Steine ritzten ihre Fuß-
sohlen nicht blutig. So ging die Fahrt viele Tage
lang, und die Männer wurden nicht müde, und
sie spürten auch nicht Hunger noch Durst in der
ganzen Zeit. Als sie aber endlich den Sarg auf
den Hochaltar im Dom zu Paderborn niedergesetzt
hatten, da fielen sie todt zur Erde. Sie hatten ja
auch ihr Werk vollbracht. Gemeine Bürde sollte
auf ihren Schultern nun nicht wieder ruhen.

---

## II.

Manches Jahrhundert lang hatten die Gebeine
des heiligen Liborius im Dom zu Paderborn geruhet, und großer Segen war der Stadt und dem
Lande durch einen so mächtigen Patron zugewendet
worden. Aber mit der Zeit fingen die Leute an
gleichgültig gegen ihren Heiligen zu werden, und
ihre Andacht war kaum mehr ein Schatten von der
heißen Inbrunst der Väter. Ja zuletzt kam es dahin, daß die feierlichen Umzüge und Prozessionen
ganz unterblieben, und Priester und Volk den Tag

des heiligen Liborius nicht höher mehr feierten, wie jeden andern Festtag. Von der Zeit an kamen schwere Tage über das Paderbornsche Land; Seuchen, Krieg und Hunger brachen herein; man hörte von ungeheuren, nie vorher erdachten Verbrechen reden, und wenig fehlte mehr, so glaubte man den jüngsten Tag nahe. Da gingen die Bethörten in sich; fleheten zum Himmel um Erlösung, und fasteten und thaten Buße viele Tage lang. Und der Himmel erhörte sie, und gab ihnen ein Zeichen, wie sie das Elend abwenden könnten. Denn in einer Nacht öffnete sich die große Dompforte, und Jene traten heraus, welche einst die heiligen Gebeine aus Frankreich geholt hatten. Zum zweiten male ruhte jetzt der goldene Todtenschrein auf ihren Schultern, und finster und schweigend hielten die Ehrwürdigen mit den Reliquien den Umzug durch die Stadt, wie es sich von alten Tagen her gebührte. Dann trugen sie den Sarg wieder in den Dom; die Pforte schloß sich geräuschlos hinter ihnen, und die ganze Erscheinung war verschwunden. Die Paderborner aber nahmen sich die Mahnung der schattenhaften Träger zu Herzen, und als wieder Sankt Liboritag einfiel, hielten sie die Prozession feierlicher als je zuvor. Darauf war Pest und Krankheit und alles Elend sogleich zu Ende.

---

## III.

Abermals waren viele Jahrhunderte vorübergegangen, und der dreißigjährige Krieg wüthete im deutschen Lande. Paderborn wurde vom tollen Christian\*) belagert. Nur kurze Zeit widerstand die Stadt dem harten Angriffe, und bald drangen die Lutherischen ein. Die hauseten wild in den Häusern und auf den Gassen, und der tolle Christian schaffte den hohen Dom zum Pferdestalle um, und hielt Rennen und Spiele in den gewölbten Gängen. Den Sarg des heiligen Liborius aber nahm er und ließ Goldstücke daraus prägen, und die Gebeine führte er in einem leinenen Sacke mit sich auf seinen Kriegszügen. Aber schon nach einem Jahre ereilte ihn die Strafe seiner That, denn um die Zeit ward er bei Stadtlohn im Münsterschen vom Tilly völlig geschlagen und aller seiner Macht beraubt. Da saß er und klagte und rief: „Ach hätte

---

\*) Herzog Christian von Braunschweig.

ich **b e n Alten** ruhen laſſen; er iſt mein Unglück!" Darauf ſchickte er die Gebeine eiligſt nach Paderborn zurück, wo ſie lange in einer hölzernen Kiſte lagen. Endlich, als es wieder Friede war, ließ man, wenn auch keinen goldenen, doch einen vergoldeten Sarg für ſie verfertigen, in dem ſie noch jetzt aufbewahrt werden.

---

## Der alte Bertold.

Im Teutoburger Walde wohnte einmal ein Mann, den ſie den alten Bertold nannten, und von dem Viele glaubten, daß er einen Bund mit dem Böſen geſchloſſen habe. Wenigſtens behauptete man, daß er ſchon weit über hundert Jahre dort wohne, und doch ſah er aus wie ein Mann von kaum ſechszig Jahren. Was er treibe, wovon er lebe, das wußte Niemand. Rings um ſeine Hütte, die er nie verließ, war finſterer Wald, und es mogte wol wenige geben, die je dem traurigen Wohnorte des alten Bertold nahe gekommen waren. Unter anderen er= zählte man von drei Steinen, die er beſäße, und durch die er über alle Geister Gewalt habe. Woher aber die Steine waren, welche Kräfte in ihnen wohnten, das wußte man nicht zu sagen. Eines Abends sahen die Bauersleute, die am Rande des Waldes wohnten, einen Rittersmann ganz allein dem Orte zureiten, wo die verrufene Klause des alten Bertold stand. Aengstlich bekreuzten sie sich, und beteten ein Vaterunser für die Seele des Ritters. Erst am andern Abend kam er aus dem Walde zurück; doch ritt er von dieser Zeit an oft die wüsten Pfade, die zu Bertolds Hütte führten. Nach einer Weile aber blieb er aus. Als er endlich einmal wieder geritten kam, hatte er noch jemand bei sich, und das war eine tief verschleierte Frau, welche ebenfalls ritt. Sie thaten beide sehr eilig, und trieben die keuchenden Thiere zu immer größerer Hast. Jetzt waren sie dem Walde nahe. Da sahen einige Holzfäller, welche in der Nähe waren, sich plötzlich eine gewaltige Riesengestalt erheben, weit über Hügel und Bäume hinaus. Das war der alte Bertold. Mit unsäglich trauriger Stimme rief er die Höhen hinab: „Zu spät, Konrad, zu spät!" — Dann war er verschwunden. Zugleich sahen die Bauern den Ritter wie ohnmäch=

tig vom Pferde sinken. Sie eilten herbei, und brachten ihn in die nächste Hütte, wo sie ihn auf eine Streu legten. Die Dame setzte sich an seine Seite, ihn zu pflegen. Als er wieder zu sich kam, erzählte er auf die Fragen seiner Wirthe, wie er von altem ritterlichem Geschlechte und vor langer Zeit, das heilige Grab mit erobern zu helfen, nach Paläſtina gezogen sei. Während der Zeit hätten falsche Freunde durch allerlei Ränke ihn um all sein Hab und Gut betrogen, und seine Braut — um ganz sicher vor Verrath zu sein — mit Gewalt ins Kloster gesteckt. Nach seiner Rückkehr habe er aber doch Alles erfahren, und sich an den weisen Bertold gewendet, daß er ihn zu seinen Gütern und zu seiner Braut wieder verhelfe. Der habe ihm drei Edelsteine drei Monate lang geliehen, mit denen er die Geister habe beschwören, und durch ihre Hilfe sich an seinen Beleidigern rächen sollen. Alles sei auch aufs beste gelungen, und er sei eben auf dem Wege gewesen, dem alten Bertold, welcher ihm Braut und Güter wieder verschafft, die Steine zurückzubringen. „Aber," schloß er seine Rede, „ihr sahet, wie ich zu spät kam. Der Alte konnte ohne die Steine, keinen Augenblick länger als drei Mo-

nate leben. Er ist dahin. Und auch mein Ende
nahet; denn der Geist der Steine, der mir drei
Monate dienen mußte, hat jetzt Gewalt über mich."
Er hatte kaum ausgeredet, da schossen drei feurige
Schlangen aus den Steinen hervor und stachen mit
ihren giftigen Zähnen ihm ins Herz, daß er todt
zur Erde fiel. — Die Hütte des alten Bertold stand
fortan leer, bis sie nach und nach zerfiel.

---

## Herstelle.

Herstelle an der Weser war in alter Zeit eine
Burg Karls des Großen, und oft weilte er dort,
von harten Kriegszügen rastend, oder zu neuen
Schlachten Kräfte und Freudigkeit sammelnd. Im
weiten deutschen Lande und ferner noch hinaus bis
zu den Städten des Morgenlandes kannte man die
Namen des großen Kaisers und seiner festen Felsen=
burg. Ein Jahrtausend ist vorübergerauscht und
hat auch die letzten Spuren des kaiserlichen Schlos=
ses vertilgt. Aber in der heiligen Osternacht, um

die Stunde, in der einst der Herr zu neuem Leben
erstand, regt sich's im Grunde der Felsen, und Schloß
und Kaiser und Mannen erheben sich aus dem
Schooße der Tiefe. Dann sind die Thürme und
Warten und zackigen Gibel zu sehen, wie sie stolz
ragend sich spiegeln in den blinkenden Wellen. Und
den Kaiser Karl selbst kann man schauen, wie er
hoch auf dem marmornen Throne sitzt mit Zepter
und Krone und Schwert. Nicht lange währt es
dann, so kommt ein alter, bleicher Mann, läßt sich
vor dem Kaiserthrone auf die Kniee nieder und
spricht leise und kummervoll:

> „Noch ist des Zaubers kein Ende —
> Noch weint das deutsche Land —
> Noch reichen sich nicht die Hände
> Brüder zum heil'gen Band!
> 's noch nicht an der Zeit —
> Noch ist Erlösung weit!" —

Ein tiefer Seufzer ringt sich dann aus des alten
Kaisers Brust; die Augen gehen ihm über von schwe=
ren Thränen; Schloß und Thürme und Alles ver=
sinkt wieder; auch die Männer kehren in den Ab=
grund zurück, und nicht eher bis in der nächsten
Osternacht kommen sie wieder.

———

## Das verwünschte Kirchlein.

Den Kirchberg bei Lügde kennt Jeder, der einmal in Pyrmont gewesen ist, denn es ist nächst der Hermannsburg, die ansehnlichste Höhe im ganzen Thale. Jetzt ist der Berg mit Fruchtgärten und Getraidefeldern bedeckt; aber vor Zeiten war das nicht so. Da umschatteten hohe Buchen und Ulmbäume den ganzen Bergrücken, und man konnte damals einen Tag lang dort herumwandern, ohne aus dem Schatten der altehrwürdigen Bäume herauszukommen. Mitten im Walde wohnte der Bergförster, wie sie ihn nannten, wol ein recht stattlicher Mann, und kaum erst den dreißigen nahe. Wie es gekommen, daß er in so jungen Jahren schon eine solch einträgliche Stelle besaß, das kann man jetzt nicht mehr sagen; genug daß er der Bergförster war und ein reicher Mann dazu. Denn in dem weiten Walde fehlte es nie an Rehen und Hirschen, und manch einem solchen Thiere mag der Förster wol das letzte Stündlein gezeitigt haben. Und nun erst noch der reichliche Sold, den er bekam; denn dazumal lohnten Fürsten und Herren noch freigebiger als heute.

Aber trotz dem wollte es ihm nicht gelingen, eins der rothwangigen Mägblein, die unten im Thale wohnten, in sein grünumbunkeltes Haus heimzuführen. Alle flohen des reichen Försters Liebkosungen, und auf Kirchweih und Jahrmarkt sah man ihn immer nur mit bejahrten Jungfern tanzen. Und vollends die rosige Elsbeth, um die er sich am meisten mühete, schien ihn am meisten zu verachten. Wie oft hatte er sie nicht schon abholen wollen zum Tanz auf der Wiese; aber immer kam er zu spät. Die rosige Elsbeth war längst mit dem Hänsel, oder mit Jörgen dem Holzfäller, oder gar mit dem langen Peter hinaus auf den grünen Plan, und mit ihren Bändern fand der ergrimmte Förster das Dirnlein geschmükt grün und roth und blau. Wie oft schlich er sich nicht Abends den Berghang hinab zu Elsbeths Hüttlein, und wollte in die Kammer treten mit Lied und schönem Spruch. Aber immer fand er Thür und Laden verschlossen, und immer war's innen still und stumm. Am andern Tage mußte er dann zu seinem Verdruß hören, daß der Peter oder der Jörg oder ein anderer schmucker Buhle die ganze Nacht in Elsbeths Häuschen gewesen war.

Manchmal nahm er sich recht ernsthaft vor, die

schnippische Dirne, die ohnehin nicht halb so reich war als er, sich ganz aus dem Sinne zu schlagen. Aber wie er's auch anfing, immer stand Elsbeths Gestalt leibhaftig vor ihm. Ja, je größer die Kluft zwischen ihr und ihm zu sein schien, desto mehr wuchs sein glühendes Verlangen. Es ließ ihn nicht ruhen Tag und Nacht.

In der Schlucht, wo es heute zur Hölle heißt, wohnte damals ein altes Weib, von dem man nicht recht wußte, ob es eine Heilige, eine Profetin oder eine Here war. Das wußte aber ein Jeder, daß sie Liebestränke zu brauen verstand, und Mancher hieß es, habe sich schon so ein Tränklein geholt von der Alten. Lange graute es dem Bergförster vor ihr; aber als Elsbeth immer höhnischer gegen ihn wurde, als er sah, daß nichts anders mehr helfen könne, da machte er sich auf zu dem schweren Gange und stieg in die düstere Schlucht hinunter. Er fand die Alte in ihrer Hütte am Spinnrocken. „Kommt Ihr endlich," rief sie ihm entgegen. „Das hat lange gedauert; wäret Ihr früher gekommen, so könntet Ihr schon lange in Schönliebchens Armen ruhen. Ja, ja! seht mich nur an! es ist doch so wie ich sage. Und nun gebt einmal acht, was ich von Euch verlange. Der heilsamen Kräuter und Wurzeln wachsen in diesen Gründen viele, und ich lasse es mich nicht verdrießen, sie alle zu suchen in ihrer rechten Zeit. Aber eins müßt Ihr auch dazu thun, und das ist es, was den Trank am meisten kräftigt. Zehn Tropfen geweiheten Weines, wie der Priester ihn bewahrt im Altare, muß ich haben, sonst helfen alle meine Arbeiten nichts. Und Ihr müßt ihn mir verschaffen. Kommt Ihr, wenn wieder der Vollmond glänzt, und bringt mir den Wein, den Ihr selbst aus der Kirche holtet, so ist in wenigen Tagen das Lieb Euer. Aber hütet Euch ja, daß Ihr Euch, mit dem Kelche in der Hand, nicht umschaut; denn sonst wär's um Euch geschehen!" Damit schob sie den Förster, der noch kein Wort hatte reden können, zum Hüttchen hinaus.

So schrecklichen Raub sollte er begehen um eines Menschen willen? Lieber wollte er sterben und rein doch vor des Ewigen Gericht treten. Es war ja so kurz nur die Lust, und ewig, ewig die Pein!

Aber eins war, was ihn unaufhörlich stachelte und trieb zu der schwarzen That. Oben auf dem Gipfel des Berges stand ein uraltes Betkirchlein, zu welchem im Frühling, wenn die Blumen sproßten, die Blätter trieben, das Volk aus dem ganzen Thale wallfahren ging, und ein Priester hielt dann ein feierliches Hochamt da oben. Der Schlüssel zu der Kapelle war in des Försters Verwahrung. So oft er denselben erblickte stand Elsbeth lächelnd und winkend vor ihm, und der Verführer flüsterte: Es kostet ja nur einen muthigen Gang; Niemand kann es ja merken, ob zehn Tropfen mehr oder weniger in dem Kelche sind!

Lange, lange kämpfte der Förster und rang, und mancher Vollmond kam und ging vorüber. Aber immer mehr wich sein guter Geist von ihm.

Die letzten Blätter fielen im Spätherbst. Der Vollmond ging, bleich wie ein Todtengesicht hinter den Höhen auf; die Kapelle blickte grau und gespenstig in seinem Scheine. Da hielt es den Förster nicht länger. Hastig ergriff er den Schlüssel, schwang die Büchse über die Schulter und trat in die Nacht hinaus. Schwarzes Gewölk jagte, in seltsame Gestalten zerrissen, unter dem Monde hin; Habicht und Eule wurden wach; die Unke rief aus dem Thale herauf, und vom fernen Münster her tönte die elfte Stunde der Nacht. Aber der Förster ließ sich nicht grauen. Höher und höher stieg er über das raschelnde Laub empor. Schon sah er das Kirchlein winken; näher und näher. Ein Dornstrauch faßte ihn, als wollte er ihn abhalten von dem bösen Gange. Aber zürnend brach er den Zweig und eilte weiter. Jetzt war er oben. Wie er hinabblickte in die Schlucht, sah er die Alte bei einem Feuer sitzen, über dem ein großer Kessel siedete. Es war ordentlich, als winke und rufe sie zu ihm herauf.

Da sprang er wild auf das Kirchlein zu, nicht achtend des Schattens, der warnend und wehrend dort wankte. Die alte Thür öffnete sich, knarrend in den verrosteten Angeln. Blutroth schien der Vollmond durch die gemalten Fensterscheiben, und erleuchtete dem Räuber den Weg zum Altare. Mit zitternder Hand griff der Unselige nach dem heiligen Schreine, der das Blut des Herrn verbarg. Morsch und alt, wie es war, zerbrach das Kästlein unter der gewaltsamen Berührung. Noch einmal rief es in ihm, er solle umkehren und fliehen, aber es war schon zu weit mit ihm; er hörte nicht mehr.

Wie er nun das heilige Naß zählte und tröpfelte in seinen Becher hinein, da kam tiefes, angstvolles Seufzen aus des Berges Grunde herauf, so schwer, so grauenhaft, daß der Bergförster entsetzt sich umsah, und den Kelch fallen ließ, welcher schrillend am Boden hinrollte.

Da fuhr es kalt wie der Tod über den Förster; sein Athem stockte — sein Blut gerann in den Adern — sein Herz stand still — er ward zu Stein.

Als die Leute im nächsten Mai zu dem Betkirchlein kamen, und sahen was vorgegangen war, meinten sie und sagten, das Steinbild am Altare mit den verzerrten Zügen müsse wol ein böser Geist sein, und hielten das Kirchlein für verwünscht. Nachher wallfahrte Niemand mehr zu dem Berge, und die Säulen und Bogen verwitterten im Laufe der Zeit. Doch hat man noch vor nicht langen Jahren die Spuren des verwünschten Kirchleins auf dem Berge sehen können, der noch immer der Kirchberg heißt.

## Die Lilie von Corvei.

In alter Zeit, als in Corvei noch die reichen Mönche Haus hielten und ihrer so viele waren, daß sie Tag und Nacht Messe lesen und Litaneien singen konnten ohne Unterbrechung — in dieser alten Zeit hat sich dort eine sonderbare Geschichte zugetragen, die noch immer unter den Leuten von Mund zu Munde geht.

Wenn damals einer von den Mönchen in Corvei sterben sollte, so kam ihm der Tod nicht wie unser Einem, gleich einem Diebe um Mitternacht; nein, drei Tage vorher fand der, auf welchen es abgesehen war, eine weiße Lilie in seinem Chorstuhle. Dann wußte er Bescheid. Wie die Blume welkte, so welkte auch er, und wenn das letzte Blättchen vom verschrumpften Stiele sich löste, dann rang sich auch der letzte Athemzug mühsam aus der Brust des Sterbenden. So war es seit Menschengedenken, und Jeder fand zuletzt die bleiche Blume.

Nun war einmal ein sehr strenger Abt in Corvei, der den vielleicht früher verwöhnten Brüdern auch nie das Geringste nachsah. Mancher von ihnen, der sonst Tage lang im Sollinge sich herumgetrieben hatte auf der Fährte der Hirsche und wilden Schweine, durfte jetzt die enge Zelle nicht verlassen und sah sich früh und spät von düstern Folianten umgeben; mancher, der auf den Bauernhöfen der Nachbarschaft wol allzubekannt war, mußte Tag und Nacht

in den bestaubten Chorstühlen sitzen, oder in enblosen Kasteiungen seinen widerspenstigen Leib züchtigen.
Und so kam die Reihe an Alle.

Klagen und Verwünschungen wurden bald genug
laut, und nicht Einer fand sich, der nicht die gute
alte Zeit gepriesen hätte, wo noch der Grundsatz
gegolten: Leben und Leben lassen! Vor Allen war
es aber der Bruder Theobald, welcher dem neuen
Abte am aufsätzigsten war. Der Theobald ist ein
gar lustiger Geselle gewesen, von dem die Bauerweiber die schnackigsten Geschichten zu erzählen wußten. Deshalb war ihm auch das strenge Regiment
des Abts am unerträglichsten, und nur mit dem
größten Widerwillen verstand er sich zu den schweren Pönitenzen, die ihm der Abt gerade nicht gar
zu selten vorschrieb. Als er aber einmal viele Wochen lang auf seiner Zelle bei Wasser und Brod
fasten mußte, weil ihn die Jungfer Barbe, weiß
Gott weswegen, verklagt hatte, da erreichte sein
Groll den höchsten Gipfel, und er schwur, sich der
lästigen Aufsicht zu entledigen, koste es auch was es
wolle. Die trüben Fasttage ließen ihm Zeit genug
einen Racheplan zu entwerfen und hinlänglich zu

überlegen, so daß der Gedemüthigte am Ende seiner Strafzeit völlig damit im Klaren war.

Am nächsten Sonntagmorgen eilte er, noch ehe die Sterne erblichen, in den Klostergarten hinab, pflückte eine weiße Lilie und legte sie in der Kirche heimlich auf den Pult des Abts. Als dieser zum Frühgottesdienst hereintrat, erschreckte ihn der Anblick der Todtenblume so gewaltig, daß er zu Boden stürzte und den Geist aufgab.

Als sich die Brüder von dem ersten Schrecken erholt hatten, schritten sie gleich in den nächsten Tagen zur Wahl eines neuen Abts. Um aber einen recht gelinden Obern zu bekommen, so wählten sie den Bruder Theobald, von dessen finsterer That Niemand etwas ahnte. Theobald aber wurde von Tage zu Tage mürrischer und tiefsinniger, denn des Abts bleiche Gestalt wich nicht von seinen Blicken. Wo er ging und stand umschwebte ihn der wankende Schatten und ließ ihn nicht Ruhe und Frieden mehr finden. Es half ihm nichts, daß er zum Weine seine Zuflucht nahm, daß er größere und immer größere Pokale leerte. Seines Gewissens giftiges Gewürm ließ sich nicht ersäufen im goldenen Becher. Oft schien er in seiner Angst dem Wahnsinne nahe.

Seine Untergebenen behandelte er wie ein Tyrann, so daß die armen Mönche sich oft den alten Abt zurückwünschten, unter dem sie es doch so schlimm nicht gehabt hatten.

Endlich, als er seines Elends gar nicht mehr Rath mag gewußt haben, ist er stillschweigend auf den höchsten Thurm am Corveier Dom gestiegen und hat sich von da herabgestürzt, so daß seine gebrochenen Glieder am Boden umherlagen.

Er war der Erste in Corvei, der ohne die weiße Lilie gestorben ist. Von der Zeit aber hat der Tod die Brüder geholt wie andere ehrliche Leute auch, und Keinem hat er die weissagende Blume mehr gebracht.

Uebrigens soll der Abt Theobald derselbe gewesen sein, unter dem die Geschichte mit dem Hirsche, die wir schon erzählten, sich zugetragen hat.

----

## Der Kampf der Todten.

Auf einem Berge bei Pyrmont, der noch heute die Hünenburg heißt, wohnte in den alten Tagen

auf seinem festen Schloſſe ein gewaltiger Hünenkönig, dem weit und breit alles Land unterthan war.
Wenn er auf dem höchſten Thurme ſeiner Veſte
ſtand und ſchaute hinab nach Morgen und Abend,
nach Mittag und Mitternacht, ſo war Alles ſein
eigen ſo weit ſein ſcharfes Auge trug, und weiter,
viel weiter noch über die fernſten Berge hinaus.
In den köſtlichen Gemächern ſeiner Burg aber hegte
er einen Schatz, der beſſer war als Schlöſſer und
Städte, beſſer als Gold und blinkende Waffen.
Das war Ilda, ſein Töchterlein, ſchöner und her=
ziger als alle Jungfrauen der Erde. Aber er wachte
auch wie ein Drache über ſolch edlem Kleinod, und
Keiner außer den Seinigen konnte ſich rühmen, je
ſchön Ilda's Antlitz geſehen zu haben. Und doch
drang die Sage von ihrer Anmuth weithin in die
Ferne, und viele edle Freier kamen, um ihre Hand
zu werben. Aber der alte König hatte einen Schwur
gethan, ſie Keinem zu geben, der es ihm nicht im
Zweikampfe gleich thäte. Nun wußte er aber recht
gut, daß das Niemand konnte; denn wie Ilda die
ſchönſte Frau, war er der ſtärkſte Rittersmann in
aller Welt. Ob ſich einer der Freier mit dem Hü-
nenkönige im Streite gemeſſen hat, oder ob ſie nur

gleich wieder heimgezogen sind, das ist nicht gewiß; soviel aber ist gewiß, daß Einer von ihnen sich den Bescheid tiefer zu Herzen nahm als die Andern alle, und daß er auch ein Gelübde that, nicht zu ruhen und zu rasten bis er sich schön Ilda erworben habe, es komme dann, wie es auch wolle.

Nach dieser Zeit rüstete der alte Hünenkönig ein großes Heer und zog an der Spitze desselben aus, einem befreundeten Könige, dessen Reich in Gefahr stand, zu Hilfe. Die allerbesten seiner Ritter nahm er mit sich, und versah sie so reichlich mit Gold, Waffen und Kleidern, daß nimmer ein stattlicheres Heer gesehen war. Sechszigtausend tapfere Männer waren es, die mit dem alten Könige zur Heerfahrt auszogen. Auch Ilda's treuer Freiersmann hörte von den gewaltigen Rüstungen und wie der Hünenkönig geschworen habe seinen Freund zu rächen, und sollte darüber auch sein eignes Reich leer von Männern werden. Da dachte er, jetzt oder nie sei die Zeit sein Lieb heimzuführen. Und mit rastloser Eile ließ er ein Heer ausrüsten und all seine Vasallen und wehrhaften Männer zu sich entbieten. Tag und Nacht mußte an Helmen und Schwertern geschaffen werden; Tag und Nacht mußten die Boten

reiten, die Getreuen unter die Banner ihres Herrn
zu sammeln. Endlich war Alles bereit, und der
Tag, an dem die kühne Brautfahrt beginnen sollte,
wurde bestimmt.

Es war ein heller Sommermorgen als der Ritter
mit den Seinen sich aufmachte und unter freudigen
Gesängen der Hünenburg zueilte. In der Nähe
derselben verbargen sie sich in einem großen Walde
bis zum Abend, und erst als es dunkel und still
war, verließen sie ihren Hinterhalt. Leise und mit
Vorsicht drangen sie vor, und ehe sie noch von irgend Jemand bemerkt worden waren, hatten sie des
Hünenkönigs Schloß umzingelt. Doch hier galt
es einen schweren Kampf mit den Tapfern, die der
Alte zum Schirm seiner Burg zurückgelassen hatte.
Viele Stunden dauerte der Streit, und mancher der
treuen Genossen lag schon bleich und todt unter dem
hohen Gemäuer. Da spornte plötzlich der Freier
selbst sein Roß zu gewaltigem Anlauf, und zwischen
den Pfeilen und Wurfspießen der Feinde hindurch
sprengte er auf das Thor der Burg zu. Zugleich
hob er seine Streitart und führte einen mächtigen,
weithin hallenden Schlag auf die Thorflügel, daß
all die Burg erdröhnte und die Thüren krachend

auffprangen. Mit wildem Siegesgeschrei stürzte er und die Seinen sich durch die Oeffnung, Alles erschlagend, was ihnen widerstehen wollte. Und immer weiter drangen sie durch Höfe und Hallen bis zu den höchsten, festesten Gemächern, wo Ilda mit ihren Frauen sich aufhielt. Da quollen ihnen auf einmal aus einem der Säle erstickender Qualm und prasselnde Flammen entgegen. Der muthige Ritter eilte herzu, sprengte die Thür und erkannte durch Rauch und Lohe ein dem Ersticken nahes Frauenbild. Schön Ilda war es selbst; so schön konnte kein anderes sterbliches Weib sein. Händeringend, hülferufend eilte sie von Fenster zu Fenster. Ohne sich lange zu bedenken, sprang der Ritter ins glühende Gemach, erfaßte die jammernde Maid und trug sie in seinen starken Armen aus den Flammen. Ihre Frauen waren gleich Anfangs aus dem Saale geflohen; sie hatte aber geglaubt, noch einige Kostbarkeiten retten zu können und dadurch den rechten Augenblick versäumt. Als sie später das Gemach verlassen wollte, sah sie eine feurige Grenze gezogen, die sie nicht zu überschreiten wagte. Ohnmächtig lag sie nun in des Ritters Armen; doch war sie unbeschädigt, nur daß Haare und Gewänder ein wenig versenkt waren. Ihr Herz pochte heftig und schnell. Umgeben von den schützenden Seinen trug der Ritter die Jungfrau aus der brennenden Burg. Die eben aufgehende Sonne bestrahlte purpurn ihre bleichen Wangen.

Rasch ging nun ihre Fahrt dem Ufer des Meeres entgegen. Dort stiegen sie zu Schiffe und fuhren nach einer fernen Insel, wo der treue Ritter ein festes Schloß hatte. Als der alte Hünenkönig fern in den südlichen Landen die Mähr vernahm und herbeieilte, den Raub seines Kindes zu ahnden, war hinreichend Zeit verflossen, daß der Ritter sich gegen seine Angriffe hatte rüsten können. Zudem brachte der Alte kaum den vierten Theil seiner Ritter von der Heerfahrt wieder zurück, so wacker hatten die Feinde in den Südlanden gestritten. Mit grimmiger Eile brachte er die ihm Gebliebenen zu Schiffe und landete mit ihnen nach kurzer Fahrt an dem Eilande des Ritters. Mit Wuth stürmte er gegen die Burg an; aber mächtig war das Gemäuer und tapfer die es schirmten. Einen ganzen Tag kämpfte er fruchtlos vor der Veste. Hundert Todte zählte er als die Nacht den Streit unterbrach. Am andern Morgen stand schön Ilda auf den

Zinnen des Schlosses und rief Worte des Friedens und der Versöhnung zu ihrem Vater hinab. Aber der Alte blieb unbeugsam und wollte von keiner Sühne mit dem Ritter wissen. Da änderte schön Ilda ihren Sinn und spornte die in der Burg zu neuem gewaltigem Streite. Und wieder dauerte unentschieden das Ringen den ganzen Tag; wieder lagen hundert Todte. Als es aber um Mitternacht war, da begann schön Ilda dunkle, zaubergewaltige Lieder zu singen, daß die Todten sich aufrichteten und einen Kampf hielten bis zur Morgenröthe. So war es eine Nacht nach der andern, und bald war kein Lebendiger mehr auf der Insel, und nur die Todten kämpften. Das ist der Kampf der Todten, und die Leute dort sagen, er solle dauern bis zum jüngsten Tage.

## Der Mantel.

I. Als die heilige Jungfrau mit ihrem Kindlein nach Egipten floh, da hatte sie eine gar beschwer-

liche lange Fahrt. Ueber Berge und Thäler, durch
Schluchten und Wälder gings viele Tage und Nächte.
Denn die ordentlichen Straßen und Wege durfte
die Arme nicht ziehen, aus Furcht, von des Herodes
Trabanten aufgegriffen zu werden. Mancher harte
Stein ritzte da ihre Haut; mancher scharfe Dorn
stach ihre Füße blutig. Und ein recht schlimmes
Wetter muß damals auch gewesen sein; denn ihr
ärmliches Kleid wurde mürber und mürber auf der
Reise; und von jeder rauhen Hecke, an der sie vor-
beikam, war die Spur an ihrem Gewande zu finden. Hier und da fielen ganze Stücken aus ihrem
Kleide heraus, und zuletzt konnte sie sich mit den
elenden Fetzen kaum mehr verhüllen und schützen.
Einmal saß sie unter einer Palme und weinte bit-
terlich über ihre Noth, und wollte schier kleinmüthig
und verzagt werden. Da kam ein alter Mann des
Weges gegangen, der sah die Thränen des unglück-
lichen Weibes, und ließ sich ihres Jammers erbar-
men. Er zog seinen Mantel von den Schultern,
und warf ihn über die Heilige. Die sah ihn mit
einem himmlischen Blick an und rief: „Der Herr
wird Dir lohnen, was Du mir thatest, — Dir
und Deinen fernsten Nachkommen!—" Heiter und

gestärkt stand sie dann auf und setzte ihre Reise fort. Ohne weitere Gefährde kam sie in Egipten an. —

II. Es war um viele Jahrhunderte später, zur Zeit der Kreuzzüge. Viele tapfere Männer aus dem Abendlande waren nach Palästina gezogen, die heilige Stadt den Türken zu entreißen; nebenbei auch wol den eigenen Säckel zu füllen. Unter diesen war auch Ritter Hans von Dringenberg aus dem Paderbornschen Lande. Aber ihm wollte es nicht so glücken wie wol manchen Andern. Hitze, Durst, Wunden und tausend andere Plagen waren das Einzige, was er von seiner frommen Fahrt hatte. Aber einmal, bei Belagerung einer festen Stadt, ging's ihm trauriger als je zuvor. Von einem Pfeile getroffen, stürzte er vom Pferde. Die Seinen hatten nicht Zeit, sich nach ihm umzusehen; später kamen die Türken, welche die Belagerung zurückgeschlagen hatten, aus der Festung, fanden den Ohnmächtigen und plünderten ihn rein aus. Dann ließen sie ihn, den sie für todt hielten, nackt in einer fauligen Lache liegen. Es dauerte lange, ehe er wieder zu sich kam. Als er aber endlich die Augen öffnete, sah er sich von einem blendenden Glanze umgeben. Eine hohe, leuchtende Frau mit einem

Kinde, von jubelnden Engeln umgeben, stand vor ihm. Nachdem er sich überzeugt, daß er nicht träume, merkte er alsbald, daß es die Mutter Gottes sei. Mit einer Stimme, die wie Harfenton klang, sprach die Hehre: „Einst, als ich noch sterblich auf der Erde wandelte, war ich in großer Noth. Ich hatte nicht soviel mehr, meine Blöße zu decken. Da kam ein Mann und hüllte mich in seinen warmen, schützenden Mantel. Ich flehte damals zum Herrn, die That des Mannes noch an den spätesten Nachkommen desselben zu lohnen. Du bist der Nachkommen einer von jenem Mitleidigen; ich bin daher gekommen, Dir, da Du in Noth bist, zu helfen." Mit diesen Worten nahm sie ihren sternbesäeten Mantel und hing ihn über des Ritters blutige Schultern. Darauf war sie verschwunden, noch ehe Ritter Hans ein Wort hatte erwiedern können. Er aber fühlte sich wunderbar geheilt und erquickt; raffte sich auf, und kam in kurzer Frist ins christliche Lager. Von der Zeit an focht er immer in dem Sternenmantel, den er über seiner Rüstung trug. Wundersames Glück war mit ihm und mit all den Seinen von dem Tage an.

Als endlich Ritter Hans auf seiner Väter Burg

wieder eingezogen war, legte er den Mantel zum
ewigen Andenken im Dom zu Paderborn nieder.
Aber Jeder, der nachher den Dom betrat, schnitt
sich ein Stück von dem Mantel ab; daher ist es
gekommen, daß heutzutage nur noch ein unbedeutendes Stück davon zu sehen ist. Dieses wird indeß
mit der größten Sorgfalt verwahrt.

## Der Marienbrunnen.

Auf dem Jesuiterhofe zu Paderborn steht ein
ehernes Marienbild über einem fast ganz verfallenen
Brunnen, von dem man folgendes erzählt. Es kam
einmal in den heißesten Tagen des August ein Bettler nach Paderborn, und flehete um Gottes willen
um einen kühlenden Trunk. Aber — war es nun
Hartherzigkeit oder Gleichgültigkeit — der Arme ward
an jeder Thür abgewiesen. Nirgend fand sich Einer, der Zeit gehabt hätte, ihm ein Glas Wasser
zu reichen. Und immer heißer ward es, wie die
Stunden vergingen; und es ward Mittag, bren-

nender Mittag, — und immer noch lechzte der Greis vergebens nach Labung. So schleppte er sich fort bis zum Collegium der Jesuiten. Aber die hohen Treppen zu erklimmen, und die geistlichen Herren um Erquickung zu bitten, war er schon zu todesmatt. Da gewahrte er im Hofe das Muttergottesbild, er hob zu ihm seine zitternden Hände und rief mit kläglicher Stimme: „Maria, du Heilige, schaff meiner glühenden Zunge, meinen wunden Gliedern Labung; oder laß mich hier sterben!" Und sieh! plötzlich kam silberhelles, kaltes Wasser aus den Brüsten der hehren Frau hervor; der müde Greis labte und stärkte sich, und ging, Maria die Heilige preisend, von dannen.

Die Väter der Jesuiten hatten Alles gesehen und beeilten sich, das wunderbare Wasser aufzufangen. Auch ließen sie an der Stelle nachgraben, viele hundert Fuß tief. Aber der heilige Quell war längst wieder versiegt, und einen andern fanden sie nicht. So ließen sie endlich die Arbeit liegen; der Brunnen ward nach und nach verschüttet; das Steingeländer zerfiel und verwitterte, und heute sieht man kaum noch einige Spuren desselben. Das Muttergottesbild aber steht noch immer, finster und ehrwürdig.

## Der Herr von der Wewelsburg.

Auf der Wewelsburg hausete einmal ein recht böser, harter Herr. Er plagte die Bauern bis auf's Blut, schändete ihre Töchter und Frauen und plünderte die Krämer, die mit ihren Waaren auf der Landstraße daherzogen. Sein Burgkaplan, ein frommer Priester, ermahnte ihn oft, seine ruchlosen Pfade zu verlassen; er stellte ihm die Gerichte des Ewigen in den schwärzesten Farben vor — aber Alles war umsonst. Die ernsten Worte des Kaplans vermogten nicht, das steinerne Herz des gestrengen Herrn zu rühren; er blieb wie er gewesen war. Aber als einmal der Herr von der Wewelsburg eine arme, wehrlose Dirne aufgegriffen und mit Gewalt zu seinem schändlichen Willen gebracht hatte, da ließ es der Kaplan nicht mehr bei ernsten, mahnenden Worten bewenden. Er sagte dem Wütherich geradezu, daß er nicht länger in seinen unheiligen Mauern die heiligen Ceremonien verwalten, daß er überhaupt nicht länger bei einem unverbesserlichen Sünder sich aufhalten dürfe. Und darauf schickte er sich an, die Wewelsburg für immer zu verlassen. Aber der wilde Herr ließ ihn greifen und binden, indem er mit fürchterlicher Stimme rief: „Meinst du, eitler Pfaff, ich hätte nicht Mittel, mich eines lästigen Predigers zu entledigen? Meinst du, ich müsse warten in guter Geduld, bis du selbst gingest?" Darauf ergriff er ihn, und erdrosselte ihn mit eigenen Händen an den Pforten der Kapelle. Gräßlich lachend, setzte er sich dann zum schwelgerischen Banket, mit seinen Kumpanen auf das Wohl seiner neuen Geliebten zu trinken. Unter tollem Jubel vergingen die Stunden des Tages, und noch in die Nacht hinein dauerte die sündliche Lust. Endlich taumelte der Herr von der Wewelsburg auf sein Lager. Wollüstige Träume umgaukelten sein Hirn. Da schlug die Schloßuhr Mitternacht, dumpf — langsam — ernst, wie nie. Und von der Kapelle her erhob es sich stumm und nebelhaft, und huschte über den gepflasterten Hof zur verschlossenen Pforte hinein. Das war der Geist des gemordeten, unbegrabenen Priesters. Durch alle die langen Gänge; an allen Thüren vorüber ging er, schlich er, leise — leise. Er suchte die Gemächer des trunknen Herrn. Wie tiefes Seufzen stieg es aus ihm auf, als sich die schwere Eichenthür knarrend vor ihm öffnete. Jetzt war er darin — jetzt stand er am Bette. Und ein

Geräusch ward laut und ein Getön und ein Wimmern und Heulen, daß es anzuhören war wie ein langer, qualvoller Kampf, wie ein Ringen zum Tode. Alle in der Burg erwachten. Aber Keiner wagte nachzusehen; denn sie schauderten vor Entsetzen. Kalter Schweiß troff von ihren Schläfen. Endlich wurden die gräßlichen Klänge schwächer, immer schwächer, und als die Thurmuhr eins schlug, da verhallte der letzte schwere Seufzer. Als man bei Tagesanbruch den Herrn von der Wewelsburg wecken wollte, fand man ihn mit umgedrehtem Genicke am Boden liegen. Sein Antlitz war von fürchterlicher Todesangst entstellt worden, daß die Seinen ihres Herrn Leiche kaum erkannten. — Auf dem Friedhofe der Wewelsburg fand man am nämlichen Tage einen frischen Grabhügel, den Niemand aufgeworfen hatte. Die Leute dachten es gleich wol, wenn sie es sich auch gerade nicht merken ließen, daß hier der fromme Kaplan zum ewiglangen Schlafe ruhe.

## Der Mönch im Feuer.

Vor vielen Jahren, als im Kloster Abbinghof zu Paderborn noch Benedictinermönche waren, brach einmal Feuer in den Zellen aus. Erst versuchte man zwar, den Flammen Einhalt zu thun; als die Brüder aber sahen, daß, trotz aller Arbeit, die Lohe immer größer ward, flohen sie eilig die Treppe hinab, um dem Feuertode zu entgehen. Keiner hatte der Gelübbe gedacht, welche ihnen verboten die Clausur, außer an bestimmten Tagen, eigenmächtig zu verlassen. Nur einer, der Bruder Hildegrim, blieb treu seinem Eide; unter brünstigen Gebeten saß er in seiner Zelle, und achtete es nicht, wie die Glut jeden Augenblick näher kam; achtete nicht der unerträglichen Hitze, die ihn bald zu ersticken drohte. Unterdessen eilten die andern dem Klostergarten zu. Schon schlug ihnen frische, erquickende Luft entgegen; schon waren sie den schattigen Laubengängen nahe. Da — stürzte das steinerne Thürgesims, von der ungeheuren Hitze gesprengt, über ihnen zusammen und begrub sie, — zwanzig an der Zahl, unter seinen rauchenden Trümmern. Als aber die Leute nachher den Schutt wegräumten, und sich an-

schickten, das Kloster wieder herzustellen, da fanden
sie die Zelle des Bruders Hildegrim völlig unversehrt vom Feuer und ihn selbst noch immer knieen
im Gebete. — Für die neu eintretenden Mönche
ward Hildegrim der erste Abt, und starb lange
nachher im Rufe der Heiligkeit.

## Der Brunnen im Dom.

Im Dom zu Paderborn quillt ein tiefer, kühler
Brunnen. Kein Fremder, der sich den alten Dom
zeigen läßt, versäumt es diesen Brunnen zu sehen,
denn an ihn knüpft sich eine alterthümliche Sage,
welche der letztverstorbene Domküster folgendermaßen
erzählte: Da unten ruhen Schätze von Gold und
Edelsteinen, die mehr werth sind als das ganze Paderbornsche Land; aber Niemand vermag sie zu heben, denn ein schwerer Bann hält sie von alten
Zeiten her gefangen. Nur über eins hat der böse
Zauber keine Macht, und das ist ein steinernes
Muttergottesbild. Jeder, der das rechte Wort und

die rechte Zeit weiß, kann das Bild heraufholen. Und wem es gelingt, der hat das größte Kleinod von der Welt in seinem Besitze. Sobald nämlich das Wunderbild aus dem Brunnen erhoben ist, wird das Haus und die Stadt und das Land, wo es sich befindet, mit allem nur erdenklichen Glück gesegnet werden.

Ein alter Bischof, dessen Namen ich nun gerade nicht zu nennen weiß, hatte auch von dem Marienbilde sagen hören, und jemehr er der Sache nachdachte, desto heftiger ward sein Verlangen, in den Besitz des beglückenden Bildes zu gelangen. Alle Bücher, in denen etwas von Zauberei, Schätzegraben, Geisterbeschwören vorkam, las er durch; aber nirgend fand er etwas von den Schätzen des Brunnens, und wie sie erhoben werden könnten. Darüber ward er ganz mißmuthig und krank, und mancher der Domherren freute sich schon im Stillen in der Hoffnung, bald des wankenden Prälaten Nachfolger zu werden. Da stellte sich plötzlich ein Mann bei dem Bischofe ein, der versprach, das Bild aus dem Brunnen herauf zu holen. Mit Entzücken rief der Bischof: „Und was, mein Freund, verlangst du für einen so großen Dienst?" „Nichts, als daß

Ihr mir vergönnt, in dem von der Mutter Gottes gesegneten Lande wohnen zu dürfen. Nicht allein das sagte der Bischof dem bescheidenen Manne zu, sondern auch, daß er — der Fremde — der Nächste am bischöflichen Stuhle sein, und Reichthum und Alles in Fülle haben solle. Der Mann bat um drei Tage Vorbereitungszeit; dann wolle er sein schweres Werk beginnen. Am dritten Tage ging er mit dem Bischofe, der nun alle seine Munterkeit wieder erlangt hatte, in den Dom und schloß sich ganz allein mit ihm ein. Gerade als es Mittag war, stellten sie sich an den Rand des Brunnens, und der Fremde fing an, nachdem er dem Bischof das größte Stillschweigen auferlegt hatte, aus einem alten großen Buche halblaut zu lesen. Das dauerte lange. Darauf nahm er etwas wie ein graues Pulver, streute es in den Brunnen und rief dazu mit lauter Stimme:

> „Geister im Brunnen,
> Ich hab' begonnen
> Euch zu beschwören;
> Mich sollt ihr hören!"

Dann las er wieder in dem großen Buche eine Weile, doch nicht so lange als das erstemal; warf

wieder von dem Pulver in den Brunnen hinab und
rief:

> „Geister der Tiefen,
> Die unten schliefen,
> Weichet zurücke
> Vor meinem Blicke!"

Wieder las er im Buche; wieder warf er das Staub-
pulver hinab; wieder rief er, indem er zugleich mit
einem Spiegel und Ringe über dem Brunnen wun-
derliche Zeichen beschrieb:

> „Geister der Wellen,
> Bringt es zum Hellen,
> Was ihr da unten in feuchter Nacht
> Lange bewacht,
> Alle die Schätze, alle die Pracht!
> Hört! ich beruf' euch bei Nostradamus Spiegel,
> Hört! ich beschwör' euch bei Salomons Siegel,
> Das da eröffnet der Hölle Riegel!
> Hört! — Hört! — Hört! — —"

Der Bischof, welcher zufällig einen Blick in den
Spiegel warf, sah wie sich plötzlich ungeheure Gestalten in demselben zu regen begannen; sie wanden
und ballten und bäumten sich. Und wie die Geister
im Zauberspiegel, so bewegte sich das Wasser im
Brunnen; es zischte und schäumte und gährte, daß
dem Bischof ein innerliches Grauen ankam. Doch

nach und nach ward es ruhiger im Spiegel und stiller in der Tiefe; die Bilder verblaßten; das Wasser sank. Endlich war es ganz trocken im Brunnen, und eine Treppe wurde sichtbar, die auf vielen Stufen hinabführte. „Harret meiner nur eine kleine Weile," sagte der Zauberer zum alten Bischofe; „sogleich bin ich mit dem heiligen Bilde wieder bei Euch." Darauf stieg er die Treppe hinunter und verschwand am Ende durch eine kleine Thür unten im Brunnen. Es dauerte gar nicht lange so kam er zurück und trug das schwere Steinbild, das ganz grau und verwittert aussah, auf seiner Schulter. So wie er herauffstieg kam das Wasser langsam hinter ihm her, und als er oben war, stand es gerade wieder so hoch im Brunnen wie vor der Beschwörung. Ein unbeschreiblich angenehmer Duft ging von dem Muttergottesbilde aus, welches der Bischof sogleich mit eigenen Händen auf den Hochaltar stellte. Darauf fragte er den Fremden: „Sahest du denn sonst nichts, mein Sohn, von den köstlichen Schäzzen, welche der Abgrund da verbirgt?" Und der Fremde fing an zu erzählen von der Tiefe, wo Paläste von Gold und Burgen von Perlen stehen; wo in duftenden Gärten Demantblumen blühen; wo in

Bächen edler Wein über Rubinfelsen rinnt; wo die größten Kostbarkeiten, Bergen gleich, aufgehäuft liegen. „Aber Alles, fügte er hinzu, ruht unter so schwerem Geisterbanne, daß es dem, der die Hand danach ausstreckt, unfehlbares Verderben bringt." „So ist mir's doch also vergönnt diese Wunder wenigstens zu sehen und anzustaunen," fiel der Bischof ein; „und darum will ich hinab!" Es half nicht das geringste, daß der Zauberer ihm die großen Gefahren, mit denen das Unternehmen verbunden sei, vorstellte; daß er ihn bat; daß er mit Thränen zu ihm flehete, sein Leben, seiner Seele Heil nicht so auf's Spiel zu setzen. Der Bethörte blieb bei seinem Verlangen, und der Fremde mußte die Beschwörung zum zweitenmale beginnen. Wild brausete das Wasser; wüthend wanden sich die Geister, erzürnt über das doppelte Weh. Aber der Bischof war verblendet, und stieg hastig hinab. Als er durch die kleine Thür ging, trat er in ein Thal, welches wie von rosigem Morgenroth umflossen lag. Wohlgerüche, ähnlich denen, die das Steinbild ausgeströmt, drangen von tausend Blumenbeeten ihm entgegen, während laue Winde ihm Stirn und Schläfen kühlten. Am meisten wunderte er sich über die große Helle die allenthalben war, da er sich doch tief unter der Erde befand. Jedoch bald merkte er, daß dieses Licht von sieben Schlössern ausging, welche vom lautersten Golde in dem Zauberthale erbaut, und mit Smaragden und Perlen gedeckt waren. Eilig wollte er auf das erste derselben zugehen; da nickte ihm eine Rose mit so wollüstig süßem Duft entgegen, daß er sich nimmer enthalten konnte sie zu brechen, und den Wohlgeruch gierig einzusaugen. Aber in dem Augenblicke hörte er die kleine eiserne Thür dröhnend zufallen, und — die schwärzeste Nacht umgab ihn. Zugleich hörte er das Wasser im Brunnen brausen und steigen und an seinen Ort zurückkehren. — Der alte Bischof ist nie wieder zum Vorschein gekommen; ebenso wenig der fremde Zauberer und das steinerne Marienbild. Ob das letztere in den Brunnen wieder hinabgestiegen, oder ob der Fremde mit ihm ungesehen entkommen ist, — das kann Niemand sagen.

---

## Der Dombaumeister.

Als sie in alter Zeit den Dom in Paderborn bauen wollten, fand es sich beim Graben der Fundamente, daß auf einer Seite des Baues der Boden moorig und nicht wol geeignet war, die ungeheure Last der Mauern und Thürme zu tragen, während die gegenüberliegende Seite aus starkem Felsengrunde bestand. Die Rathsherren und Vorsteher wurden nun bange und meinten, der große Bau werde verunglücken; ließen auch den Baumeister rufen und nahmen ernste Rücksprache mit ihm. Der aber wollte nicht Ja und nicht Nein sagen, schüttelte nur so mit dem Kopfe, und schmunzelte: Er werde wol schon für den Dom einstehen, — er und seine wackern Gesellen.

Darauf hat nun das Werk seinen glücklichen Fortgang gehabt, und ist endlich nach manchem Jahr und Tag, nach manchem vergossenen Schweißtropfen fertig geworden. Als nun die geistlichen Herren und die Aeltesten der Stadt den Dom besahen, ob Alles auch nach Recht und Ordnung gebaut wäre, da fanden sie rechts an einer Säule Männer in einer Stellung ausgehauen, als wenn sie keuchend

eine schwere Last trügen. Gegenüber war an einem
Pfeiler eine flatternde Fledermaus gemeißelt. Verwundert fragten die Rathsherren nach der Bedeutung dieser Bilder. Da lachte der alte Meister und
sprach: „Hier rechts ist der Boden feucht und locker;
deshalb mußten wir hier den Bau mit unserer
Kunst stützen und tragen; dort hingegen ist der
Grund so fest, daß leicht eine Fledermaus den Dom
stützen könnte."

Die Männer und die Fledermaus sind noch heute
im Paderborner Dom zu sehen; nur kennt nicht
Jeder ihre Bedeutung.

---

## Schwester Irmgard.

Nahe bei der Stadt Lügde, in der Schlucht,
durch die man nach der Hermannsburg geht, stand
einst ein Nonnenkloster. Und ein reiches Kloster
muß es gewesen sein mit Mühlen und Vorwerken;
denn noch heute heißt die Stelle am Bache, wo
einst die Oelmühle gelegen, „der Nonnen Oelwiese."

In diesem Nonnenkloster nun war einst eine Schwester Irmgard, die hatte einen heimlichen Liebsten, einen gar kecken Jägersmann. Und jede Nacht kamen sie im Klostergarten zusammen, und koseten und herzten lange; und der Liebste hatte ihr auch versprochen, sie einmal zu befreien aus den dumpfen Klostermauern, und mit sich zu nehmen fernhin an die grünen Ufer des Rheines. Aber als es nun weiter kam und immer weiter; als es sich zu regen begann unter dem Herzen der Nonne; als ihr der Weg die hohen Treppen hinab in den Klostergarten immer beschwerlicher ward; als sie es nicht lange mehr bergen konnte unter dem schwarzen Talar —: da wollte der Falsche, von der Entführung nichts mehr wissen, und zuletzt, als die arme Irmgard nicht abließ mit Bitten und Flehen und Beschwören — blieb er ganz aus. Da stand eines Abends die Betrogene am Fenster, und sah trübselig hinab auf den Pfad, den er sonst zu kommen pflegte. Und immer finsterer wurden ihre Gedanken, immer schwerer pochte ihr Herz. Da hörte sie plötzlich wirres Gemurmel auf den Gängen, in den Zellen: Bald jedoch konnte sie die Stimme der Oberin deutlich unterscheiden: „Wie konntet ihr mir nur solche

Schande so lange verhehlen? — Aber nicht länger sei die ehrlose in unserer Mitte geduldet; nicht länger entweihe sie durch ihre Gegenwart unsere heiligen Mauern. Hinausstoßen wollen wir sie in die falsche Welt, deren trügerischen Lockungen sie ihr Ohr lieh; dort möge sie, allem Elend preisgegeben, ihre That bereuen!" Indeß waren die Nonnen immer näher gekommen. Jetzt standen sie vor Irmgards Zelle; jetzt nestelten sie an der Thür —: gleich mußte die Oberin eintreten. Da riß die Gequälte in wilder Verzweiflung das Fenster auf, und stürzte sich hinab, und zerschellte unten am zackigen Gemäuer.

Das Kloster ist längst zerfallen; jede Spur von ihm ist im Laufe der Zeit verschwunden, aber noch lebt im Munde des Volks die Sage vom falschen Jägersmann und von der Schwester Irmgard. Und wer spät Abends von der Hermannsburg kommt, der sieht es am Bache ruhelos wandeln, grau, schattenhaft und blutig. Das ist der irre Geist der Schwester Irmgard.

---

## Kleinenberger Streiche.

Kleinenberg, ein Städtchen im Paderbornschen, ist, wie Schöppenstett, Krähwinkel u. a., wegen seiner oft tölpelhaften, oft launigen Streiche übel berüchtigt. Viele solcher Streiche aus alt und neuer Zeit werden den guten Kleinenbergern nacherzählt. Einige der originellsten mögen hier eine Stelle finden.

### 1. Wie die Kleinenberger das Licht in die Kirche trugen.

Die Kleinenberger bauten einmal eine neue Kirche, und ließen sich's viel Geld kosten, daß sie ein recht stattliches Ansehen bekäme. Als nun Alles fertig war, und die Rathsherrn den Bau besichtigen wollten, fanden sie es in der Kirche völlig dunkel. Lange sannen sie vergeblich, den Grund dieses Uebelstandes herauszufinden, bis ihnen zuletzt einfiel, daß sie — die Fenster vergessen hatten. Wie war da zu helfen? — — Endlich rief der Bürgermeister: „Ich hab's!" Sogleich bestellte er viele Leute mit großen Säcken; die mußten sich, da es gerade im hohen Mittage war, auf den Marktplatz stellen, die Säcke öffnen, und die Sonne hineinscheinen laſſen. Nach einer Weile befahl er den Leuten, die Säcke feſt zuzubinden, und ihm ſo in die neue Kirche zu folgen. Hier ließ er die Säcke eiligſt öffnen und umkehren, damit das hineingeſchienene Sonnenlicht herauskäme, und ſich in der finſtern Kirche verbreite. Die Leute thaten genau wie der weiſe Bürgermeiſter befahl; aber in der Kirche blieb es dunkel wie zuvor, worüber ſich Alle höchlich verwunderten.

### 2. Wie die Kleinenberger einen Brunnen ausmaßen.

Auf dem Marktplatze zu Kleinenberg befindet ſich ein Brunnen, von dem man heute noch nicht weiß wie tief er iſt; und doch wurde er ſchon in alter Zeit vom Bürgermeiſter und Rath ſelbſt ausgemeſſen. Das klingt ſonderbar; ging aber ganz natürlich zu. Wenn nämlich die alten Kleinenberger ſo in den Brunnen hinabſchauten und ſahen, wie das Waſſer ſo tief in ihm ſtand, daß es ordentlich ſchwarz ausſah; wenn ſie an der eiſernen Kette die ſchweren Eimer aufzogen, und es gerade eine Viertelſtunde weniger zwei Minuten dauerte, bis dieſe oben ankamen; wenn ſie einen Stein hinabwarfen,

und er fiel und fiel, und man gar kein Ende d[es]
Fallens hörte —, und noch bei tausend ande[ren]
Gelegenheiten, schüttelten die ehrsamen Bürger b[e]-
dächtig die Köpfe, und sagten: „Wie tief doch w[ohl]
der Brunnen sein mag!" Das konnte endlich d[er]
Bürgermeister nicht mehr gleichgültig anhören, u[nd]
zudem schien es ihm auch ein großer Schimpf f[ür]
Kleinenberg, daß in seinen Mauern ein Brunne[n]
quille, von dem man nicht einmal wisse, wie tie[f]
er sei. In seiner Weisheit beschloß er also folgen[-]
des: Er ließ über den Brunnen einen starken jun[-]
gen Eichenstamm — in Kleinenberg nennen sie da[s]
einen „Heister" — legen; umfaßte ihn mit beide[n]
Armen, und ließ sich so in den Brunnen hinabhän[-]
gen. An seine Füße klammerte sich der erste Rath[s-]
herr; an diesen der zweite, und so fort bis d[ie]
Rathsherren zu Ende waren. Dann kamen d[ie]
Rathsdiener, Nachtwächter u. dergl. und zuletzt soll[te]
die ganze Bürgerschaft folgen; so mußte man do[ch]
auf den Grund kommen, und erfahren: wie vie[l]
Männer tief der Brunnen sei. Gerade als d[er]
erste Rathsdiener sich an den letzten Rathsher[rn]
hängen wollte, rief der weise Bürgermeister: „Ha[lt!]
— Ich muß erst den Heister besser umfassen."

ließ er ab, um den Stamm fester zu umklammern; aber, o weh! das Gewicht der Rathsherren zog ihn hinunter, und Bürgermeister und Rath stürzte in den Brunnen hinab, ohne seine Tiefe erforscht zu haben.

Noch heute achtet es ein Kleinenberger für den größten Schimpf, wenn man ihn fragt, wie tief der Brunnen auf dem Markte sei.

### 3. Wie die Kleinenberger Holz fuhren.

Sie wollten auch einmal eine Schule bauen in Kleinenberg. Die Eichen dazu mußten sie aus einem Walde holen, der jenseits der Berge lag. Das war nun, wie man sich denken kann, eine höchst mühselige Arbeit. Indeß ging doch Alles ohne Schaden ab bis auf den allerletzten Wagen. Als der gerade oben auf den Bergen war, zerbrach er, und die Stämme fielen zerstreut auf den Boden. Einer aber, der recht rund und schlank gewesen sein muß, kam ins Rollen, und rollte immer weiter und weiter, und zuletzt bis vor das Thor vor Kleinenberg hinab. „Wie dumm sind wir doch gewesen!" riefen da die Leute von Kleinenberg. „Wir hätten ohne alle Mühe sämmtliche Stämme so den

Hang hinablaufen lassen können!" „Das können
wir noch!" riefen Andere; zogen triumphirend gen
Kleinenberg hinab; fuhren mit unsäglicher Mühe
alle „Heister" wieder auf den Berg, und ließen
sie dann zum allgemeinen Gaudium wieder hinab-
rollen.

### 4. Wie die Kleinenberger eine Kapelle fortschoben.

Dicht vor Kleinenberg steht eine kleine Kapelle.
Von jeher ärgerten sich aber die getreuen Bürger
über dieselbe, und meinten, auf dem Marktplatze
stände das Kirchlein weit besser. Einmal kamen sie
auf einen höchst klugen Einfall. Sie streuten eine
Menge Erbsen um die Kapelle; stemmten sich in
großer Anzahl gegen die eine Seite des Gebäudes,
und begannen aus aller Kraft zu schieben. Und
wie nun ihre Füße auf den Erbsen ausglitten,
glaubten die Aermsten, die Kapelle rücke vorwärts.
Es war aber ein Irrthum; denn bis heute steht
das kleine Bethaus auf seiner alten Stelle.

### 5. Vom städtischen Ochsen in Kleinenberg.

Auf den hohen Stadtmauern Kleinenbergs wuchs
viel Gras und wildes Gekräut, welches in einem

regnerischen Sommer zu bedeutender Höhe empor=
schoß. Großes Kopfzerbrechen verursachte dieses
Gras denen von Kleinenberg, und sie wußten nicht
was sie von ihm denken, noch weniger was sie
mit ihm beginnen sollten. Lange beriethen sie im
Geheim über diese außergewöhnliche Angelegenheit,
bis sie endlich zu dem Beschlusse kamen: Dieses
Gras könne für Niemand als für den städtischen
Ochsen von Kleinenberg gewachsen sein. Alsobald
nahmen sie den Ochsen, legten ihm eine Schlinge
um den Hals, und begannen ihn mittelst einer star=
ken Winde an der Mauer hinaufzuziehen. Wie
sich nun allmälig die Schlinge zuzog, kam es mit
dem Unglückseligen zum Ersticken, so daß ihm die
Augen weit hervortraten, und er ächzend die Zunge
ausstreckte. „Ha!" jauchzten da die Kleinenberger,
„seht; welch süßes Gras auf unsern Mauern wächst!
schon von weitem leckt der schlaue Ochs mit der
Zunge nach ihm."

6. **Vom städtischen Galgen in Kleinenberg.**

Einst fingen sie in Kleinenberg einen großen Ver=
brecher, welcher bereits zum Tode verurtheilt, aber
durch eine List seinen Häschern entgangen war.

Wüthend warfen sich die Kleinenberger Stadtsoldaten über ihn her, ihn zum Galgen zu führen. Schon stand er auf dem Richtplatze; schon stieg er die verhängnißvolle Leiter hinan —, da rief plötzlich der Bürgermeister, wie von höherer Eingebung erleuchtet: „Kinder, übereilt euch nicht! Wisset ihr nicht, daß dieser unser städtische Galgen für uns und unsere Kinder errichtet ist? Soll ihn solch ein fremder, hergelaufener Hallunke verunzieren? — Gebet dem Kerl einen Sechser, daß er sich einen Strick kaufe, und sich erhänge wo er Lust hat! —" Welches auch also geschehen.

### 7. Vom Schulmeisterexamen.

In Kleinenberg war der Schulmeister gestorben, und ein alter Invalide meldete sich, sein Nachfolger zu werden. Nun haben sie es aber von jeher in Kleinenberg so gehalten, keinen Schulmeister anzustellen, der nicht zuvor von Bürgermeister und Rath selbst examinirt wäre. So mußte sich denn auch der alte Invalide diesem Brauche fügen, und begab sich deshalb am bestimmten Tage auf's Rathhaus, wo die gelahrten Herren ihn erwarteten. Zuerst wurde der Candidat, wie billig, aus der biblischen Geschichte gefragt:

„Wer war unser erster Stammvater?"

Adam.

„Wer war der zweite?"

Noah.

„Wie viele Söhne hatte Noah?"

Drei.

„Wie hießen sie?"

Sem, Ham, Jafet.

„Wer war denn der Vater von Sem, Ham und Jafet?"

— Lange Pause! — Der Candidat sah bestürzt vor sich nieder; räusperte sich; rieb die Stirn; — Alles umsonst. Er brachte es nimmer heraus, wer der Vater von Sem, Ham und Jafet gewesen. Nach einer Weile bedeutete ihn ein hochweiser Rath, er solle sich entfernen; nach einigen Tagen werde er noch einmal vorgefordert werden. Betrübt und niedergeschlagen langte er zu Hause an. Auf die ungestümen Fragen seiner Frau nach dem Erfolg des Examens erwiderte er: „Ach, es ging erst Alles auf's beste. Ich wußte genau wer unser erster und wer unser zweiter Stammvater gewesen;

wußte wieviel Söhne er gehabt, und daß sie Sem, Ham und Jafet geheißen. Aber da fragten sie mich auf einmal ganz überquer: „Wer war denn nun der Vater von Sem, Ham und Jafet!" Sieh Frau, das wußte ich nicht zu sagen; wer macht sich auch auf so tolle Fragen gefaßt!" Die Frau, welche ein Genie war, antwortete: „Wie bist du doch so bumm gewesen! Gib einmal Acht; ich will dirs erklären. „Wie heißt unser Nachbar?" Jost. „Wieviel Söhne hat unser Nachbar Jost?" Drei. „Wie heißen sie?" Peter, Hans und Klaus. „Wer ist nun der Vater von Peter, Hans und Klaus?" Ei, unser Nachbar Jost. „Richtig! Und so ist es ja mit Sem, Ham, Jafet auch; nicht wahr, Mann?" Ih, ja doch! — Laß nur den Tag des Examens kommen; ich werde den Herren schon zu antworten wissen, wenn sie es auch an mir vielleicht nicht vermuthen. — Und der Tag kam; und der Kandidat beantwortete Alles aufs schönste; vom ersten und zweiten Stammvater; wie des letztern Name gewesen; wie er drei Söhne gezeugt; wie sie Sem, Ham und Jafet geheißen. „Und wer war," hieß es wieder, „der Vater von Sem, Ham und Jafet?" Mit triumfirendem Lächeln antwortete der Kandidat: — „Unser Nachbar Jost. —" Ob der Gute Schulmeister wurde, oder nicht — das hat leider die Sage vergessen.

### 8. Wie die Rathsherren von Kleinenberg ihre Füße wieder fanden.

Die Rathsherren von Kleinenberg saßen, schweigend und in wichtige Gedanken vertieft, um den Tisch. Auf einmal sagte einer von ihnen, indem er unter den Tisch sah: „Seht einmal da; wie wird nur ein Jeder seine richtigen Füße wieder finden?" „Ei," rief ein Anderer, „das ist ja eine ganze Kleinigkeit! Laßt nur den Rathsdiener mit einem Knittel dazwischen schlagen, so wird schon ein jeder die seinigen herausfinden." Der Vorschlag wurde allgemein beliebt. Der Rathsdiener aber ließ sich nicht zweimal sagen, sondern fuhr mit einem so derben Knittel, daß man ihn fast einen Heister hätte nennen können, zwischen den Rathsherrenfüßen herum, und bearbeitete die in Frage stehenden so kräftig, daß in wenigen Augenblicken jeder der weisen Herren die seinigen gefunden hatte.

### 9. Ein Kleinenberger Streich.

Durch Kleinenberg reisete einmal ein Fremder,

welcher in dem Wirthshause, wo er über Nacht blieb, äußerte: es würde ihm sehr lieb sein, etwas näheres von den berühmten Kleinenberger Streichen zu erfahren, oder gar einen derselben vollführen zu sehen. Gleich darauf ließ er sich seine Stiefel ausziehen, und verlangte Pantoffeln. Der Hausknecht nahm die Stiefel mit hinaus; schnitt die Schäfte davon ab, und brachte das andere dem Gaste als Pantoffeln zurück. Dieser ahnte in seiner Arglosigkeit nichts, und legte sich schlafen. Als er aber am andern Morgen aufgestanden war, und seine Stiefel wieder anziehen wollte, brachte der Hausknecht die abgeschnittenen Schäfte und legte sie schweigend zu den improvisirten Pantoffeln. „Was ist das?" schrie der Fremde verwundert und zornig. Schmunzelnd erwiderte der Hausknecht: — „Ein Kleinenberger Streich."

# Zweite Abtheilung.

Metrische Bearbeitungen.

## Das einsame Schloß.

Dort auf des Felsens schroffester Kante,
Stand einsam des Grafen Schloß.
Verlassen hat er's, als die Schlacht entbrannte,
Verlassen mit all seinem Troß.
Der Zauberer nur blieb darinnen allein,
Des Schatzes getreuer Behüter zu sein.


Weit ab ward der Graf geführt vom Geschicke,
War fern vom Ahnenhaus.
Da brütete arge, finstere Tücke
Man in der Heimat ihm aus.
Die Seinen, die kamen um Mitternacht,
Das einsame Schloß zu erstürmen mit Macht.


Nach dem Schatze von Golde da stand ihr Verlangen,
Nach dem Schatze von Edelgestein.
Und rastlos und stille sind sie gegangen
Den Felspfad mit Mühe und Pein.
Sie klommen empor an der jähen Wand,
Wo oben das Häuslein des Zauberers stand.

Und wild sie erbrachen des Schlosses Pforte,
Und drangen ins hohe Gebäu.
Sie achteten nicht des Zauberers Worte
Und nicht sein Wehegeschrei.
Sie zuckten das Schwert auf den wehrlosen Mann,
Sein Blut auf den marmornen Estrich rann.


Und über den Leichnam hinein zu der Halle,
Wo der Schatz, der reiche, zu schaun —
Doch furchtbar Entsetzen faßt plötzlich sie Alle,
Und eiskaltes Todesgraun:
Der Alte, den tödtlich getroffen ihr Stahl,
Er bäumt sich als Lindwurm vor ihnen im Saal.


Und gierig leckt er mit glühender Zungen —
Die Räuber stehn wie versteint.
Und alle hat sie der Lindwurm verschlungen;
's hat Keiner um sie geweint.
Und auf dem Schlosse des Grafen da wacht
Der Lindwurm, der Zauberer, Tag und Nacht.


Die Zeit verrann; die Schlacht war geschlagen, —
Der Graf und der blieb aus.
Er kehrte nicht heim in allen den Tagen;
Verwittert stand sein Haus.
Doch wie auch die Jahre vorüberziehn,
Der Lindwurm wartet noch heute auf ihn.

Und wenn der Vollmond beleuchtet die Spitze,
Wo die Trümmer des Schlosses noch stehn,
Dann kommt er hervor aus der Felsenritze,
Dann läßt er am Strome sich sehn.
Und wie aus den rauschenden Fluten er trinkt,
Sein schuppiger Leib im Mondscheine blinkt.

## Goldfischlein.

„Fischlein gleiten auf und nieder
In dem klaren Bach,
Gleiten hin und gleiten wieder,
Eins dem andern spielend nach.

„Doch das rechte ist nicht d'runter,
Geht ins Netz nicht ein;
Nicht hinauf und nicht hinunter
Schwimmt das goldene Fischelein.

„Ist in harten Zaubers Banden,
Eines Königs Kind.
Dort hat einst das Schloß gestanden,
Wo die morschen Trümmer sind.

„Wenn die rechte Zeit verronnen,
Fängt's ein Fischersmann.
Von dem Zauber, der's umsponnen,
Ist erlöset es alsdann.

„Und das Schloß erstehet wieder
Auf des Berges Höhn;
Schauet in das Thal hernieder,
Wie in alter Zeit so schön.

„Goldnes Fischlein, laß dich fangen,
Deine Zeit verrann!
Nach dir stehet mein Verlangen,
Bin der rechte Fischersmann.

„Ach, wol gleiten auf und nieder
In dem klaren Bach
Fischlein hin und Fischlein wieder,
Eins dem andern spielend nach.

„Doch das rechte ist nicht d'runter,
Geht in's Netz nicht ein.
Nicht hinauf und nicht hinunter
Schwimmt das goldne Fischelein."

---

## Die gespenstige Nonne.

Siehst du den Geist der Nonne
Durch die Ruinen gehn?
Siehst du den weißen Schleier
Im Abendwinde wehn?

Ihr Liebster zog einst kecklich
In die weite Welt hinaus,
Und ließ sie harren in Thränen,
Und kam nicht wieder nach Haus.

Da ist sie ins Kloster gegangen,
Die arme betrogene Maid,
Zu weinen und zu beten
Im schwarzen Trauerkleid.

Wenn die Abendsonne
Vergoldet die Bergeshöh',
Und wenn sie sich spiegelt zum letzten
Im fernher rauschenden See:

Dann regt sich im steinernen Sarge
Das kalte, todte Herz;
Dann wird's ihr, als müßte er kommen,
Zu heilen ihren Schmerz.

Und wimmernd huscht der Schatten
Der Nonne, und schauet hinaus — —
„Du Arme, lieg nur und ruhe,
Dein Liebster bleibet aus!"

### Des Grafen Töchterlein.

In jenem grünen Thale,
Wo die blühenden Bäume sind,
Da wohnt auf hohem Saale
Eines Grafen Kind.

Da hält der Vater gefangen
Sein einziges Töchterlein,
Daß Keiner trüge Verlangen
Nach solch einem Jungfräulein.

Doch wenn es nun am Abend
Die rechte Stunde ist;
Wenn, müde Herzen labend,
Der Mond die Erde begrüßt;

Dann kommt mit süßem Klingen
Der Spielmann aus dem Hag,
Und macht mit seinem Singen
Ringsum die Vöglein wach.

Die lassen all ihr Träumen,
All ihren Schlummer sein,
Und singen in den Bäumen
Nach Spielmanns Melodein.

Des Stromes schwarze Wogen
Singen und klingen auch;
Ihr Lied kommt leise gezogen,
Wie flüsternder Geisterhauch.

Dann tritt die edle Fraue
Hoch auf des Söllers Rand,
Bleich wie die Lilien der Aue,
Von Golde ihr Gewand.

Ihrer Harfe Saiten
Erklingen von dem Balkon;
Und ihre Lieder gleiten
Dahin mit wehmüthigem Ton.

Die Andern alle schweigen
Vor so gewaltigem Klang,
Sie schweigen und sie neigen
Sich solchem Wundersang.

Dem Spielmann eine Thräne
Von heißer Wange rinnt.
„O, seufzt er, verstoßene Schöne,
O armes, gefangenes Kind!"

---

## Der Rattenfänger von Hameln.

Zu Hameln, wo durchs Thor man geht,
Ein alter Spruch geschrieben steht.

Daneben sieht man in einen Stein
Eine große Ratte gehauen ein.

Und fragst du, was der Schilderei
Und was des Reims Bedeutung sei,

So thut dir des alten Thorwarts Mund
Die Mär vom Rattenfänger kund.

Einst plagte von Ratten ein zahlloses Heer
Die Bürger des guten Städtleins sehr.

So klein war kein Hüttchen, so stattlich kein Haus,
Wo sie nicht verbreiteten Schrecken und Graus.

Vergebens saßen die Herren zu Rath
Am Morgen, am Mittag und Abends noch spat;

Vergebens riefen die Pfaffen im Chor;
Das Ungeziefer blieb wie zuvor.

Und was man erdachte, und was man erfand,
's war Alles nur eitel, 's war Alles nur Tand.

Verronnen war fast ein ganzes Jahr,
Und immer noch wuchs die heillose Schaar.

Da kam gegangen ein alter Mann,
Der seine Rede also begann:

„Weithin geht die Sage, wie eure Stadt,
Ein seltsamlich Ungemach heimgesucht hat.

„Drum bin ich aus fernen Landen hier,
Euch zu befrein von dem schlimmen Gethier.

„Doch ist nun die letzte der Ratten entflohn,
Dann, merkt es euch, w ä h l e ich mir den Lohn."

„Und ist, was du heischest, in unserer Macht,
Es sei dir freudig zum Opfer gebracht!"

So riefen die Rathsherren alle zugleich;
So riefen die Bürgersleut' arm und reich.

Da langte hervor eine Zither der Greis,
Und rührte die Saiten erst tief und leis;

Doch heller und heller wurde der Klang
Wie er ging die Reihen der Häuser entlang.

Und alle die Ratten lockte herbei
Des Spielmanns berückende Melodei.

Wie toll sie rannten hinter ihm her,
Und auch das kleinste Nest wurde leer.

Als nun durch die letzte der Gassen er kam,
Nach der Weser seinen Weg er nahm;

Hastig die Ratten stets hinterdarein,
Und stürzten sich wild in die Wogen hinein.

Wohl Alle hatten das Wunder geschaut,
Und Alle priesen den Spielmann laut.

Der grinste und lachte und sprach mit Hohn:
„Jetzt wähl' ich, ihr Rathsherren, mir meinen Lohn!"

„Kleinoden nicht will ich, nicht Schätze von Gold;
Das schönste Dirnlein nur sei mein Sold!"

Betroffen ihn sahen die Rathsherren an:
„O wähle anders, du alter Mann!

„Ein Mägdelein jung und ein greiser Bart —
Verzeih! Das ist hier zu Lande nicht Art."

„Und ist es nicht Art, so ruft er mit Hohn,
Wohlan, so wähl' ich mir anderen Lohn!"

Und wieder rührte die Saiten der Greis,
Und wieder tönten sie tief und leis.

Doch heller und heller wurde der Klang,
Wie er ging die Reihen der Häuser entlang.

Und Mägdlein und Buben lockt alle herbei
Des Spielmanns berückende Melodei.

Wie toll sie rannten hinter ihm her;
Denn ihres Bleibens war nicht mehr.

Als durch die letzte der Gassen er kam,
Nach den Bergen seinen Weg er nahm.

Die Eltern riefen viel Weh und Ach;
Die Kinder folgten dem Spielmanne nach.

Sie wurden nicht müde, sie blieben nicht stehn,
Sie haben nicht einmal zurücke gesehn.

Vor einem der Berge da endet der Lauf.
Der Greis steht still — der Berg thut sich auf.

Und immer spielend geht er hinein,
Und hinter ihm her die Kindelein.

Das letzte der Armen bald verschwand,
Und hinter ihm schloß sich die klaffende Wand.

So ist es geschehen in alter Zeit;
Doch sieht man die Stelle am Berge noch heut.

Und Bild und Schrift ward in diesen Stein
Zum ewigen Gedächtniß gehauen ein.

---

## Ein Sarg.

Wer pocht und ruft am Pförtlein
Noch mitten in der Nacht?
Längst in dem ganzen Städtchen
Kein Mutterkind mehr wacht.

**110**

Steh auf von deinem Lager,
Viellieber Meister mein,
Und such hervor sechs Bretter;
Ein Sarg muß fertig sein!

Und schwinge rasch den Hammer,
Und führe die Säge schnell;
Das Werk muß sein vollendet
Noch ehe der Tag wird hell!

Seufzend der alte Meister
Von den Kissen sich erhebt,
Ob's auch wie Todesschauer
Durch seine Seele bebt.

Und steht beim Schimmer der Lampe,
Und steht und zimmert und mißt,
Und fördert treulich am Werke,
Wie ihm befohlen ist.

So manchen Sarg er baute,
Auch einen für sein Kind;
Darum weiß er zu fügen
Die Bretter geschwind.

Von der brennenden Schläfe
Tropft ihm schon der Schweiß,
In den ängstlich pochenden Adern
Rollt ihm das Blut so heiß.

Der Athem will ihm vergehen;
Den Busen drückt brennende Pein —
Doch ehe der Tag wird helle,
Der Sarg muß fertig sein.

Und schauriger und dumpfer
Das Klopfen des Meisters erklingt,
Und ängstlicher und matter
Sein Herze bebt und ringt.

Die Stunden sind vorüber,
Es glüht das Morgenroth.
Der Sarg, der steht vollendet,
Der Meister — liegt still und todt.

Das müde Haupt des Greisen
Ruht in dem engen Haus,
Das er sich selbst gezimmert,
Von all seinem Kummer aus.

---

## Hohes Alter.

Wenn tausend Jahr verfließen,
Dann wird der Zwerg zum Riesen.
Und wieder tausend Jahr,
Dann wird im alten Berge
Das Ungeheu'r zum Zwerge,
Wie 's einst gewesen war.

Doch wieder zu verrinnen
Schon tausend Jahr beginnen,
Bald wird's ein Riese wieder sein.
Wer ist vom Süd zum Norden
Wohl älter fürden worden
Als dieses Zwergelein?

---

## Der weiße Hirsch.

„Feinslieb, laß du mich reiten
Und jagen durch Schlucht und Wald;
Den schnellen Hirsch, den weißen,
Den erjage ich bald."

Er ritt durch tiefe Thäler,
Ueber Berge und wildes Gestein.
Die Maid in großen Aengsten
Schlich sich hinterdarein.

Der Tag, der währte lange,
Und lange währte die Jagd,
Bis Mond und Sternlein kamen
In der stillen Nacht.

„Läßt lange nach dir suchen,
Du wilder, weißer Hirsch!
Bergauf und auch bergunter —
's ist eine scharfe Birsch!

„Doch halt! durch jene Fichten
Schimmert es leuchtend und hell; —
Bist du's, mein weißes Hirschlein,
Viel seltsamer Gesell?"

Er eilt auf schnellem Rosse,
Der kecke Jägersmann.
Wo die Fichten ragen, die hohen,
Hält er den Jagdhengst an.

Noch einmal scharfen Blickes
Schaut er nach dem Orte hin —
„Es ist, es ist mein Hirschlein,
So wahr ich ein Jäger bin!"

Die Büchse an der Wange,
„Jetzt, Schütze, ziele gut! —"
Der Schuß fällt dumpf und bange —
Das Wild stürzt in sein Blut.

Die edle Beute zu schauen,
Eilt er ins Fichtenholz — — —
Was stehest du denn so traurig,
Und zogest doch aus so stolz?

„Hab ich mein Lieb erschossen,
Mein Lieb im weißen Kleid,
Was soll ich dann länger noch oben
In trüber Einsamkeit?!"

Fiel in sein scharfes Messer
Der Jägersmann hinein;
Mit seinem Lieb begehrte
Im Tod vermählt zu sein.

---

## Legende am Christabend.

Kennt ihr die wunderbare,
Die alte heilge Mär,
Wie Christkind alle Jahre
Kommt zu den Menschen her?

Es ging in alten Zeiten
Das heilge Christkindlein
Bei Juden und bei Heiden
Bescheerend aus und ein.

Streute auf allen Wegen
Des Himmels Blüten aus,
Trug seiner Gaben Segen
Hinein in jedes Haus.

Wo Noth und finstre Sorgen
Quälten der Menschen Herz;
Wo, aller Welt verborgen,
Nagte geheimer Schmerz:

Da war mit Trost und Frieden
Das Kindlein bei der Hand;
Den Traurigen, den Müden,
Es treu zur Seite stand.


Und wenn der Tag ward helle
Bis in die späte Nacht
Hat's, gleich der flücht'gen Welle,
An Ruhe nie gedacht.


Doch all der Menschen Sinnen
War leer und eitel gar,
Von Kindeleins Beginnen
Sie wenig nahmen war.


Und meinten gar, es wollte
Nur Herr und König sein,
Darob ihr Herze grollte
Dem armen Kindelein.


Am Kreuze mußt es büßen,
Daß es so mild und gut;
Aus Händen, Herz und Füßen
Floß all sein rothes Blut.


Der Vater sah hernieder
Auf seines Kindes Noth
Und rief's zur Heimat wieder
Im nächsten Morgenroth.

Da hat er's hoch erhoben
Und neben sich gesetzt;
Doch schauet es von oben
Auch auf die Welt noch jetzt.

Und ist die Zeit verronnen
Und kommt die heilge Nacht,
Verläßt's des Himmels Wonnen,
Verläßt's des Vaters Pracht.

Auf Erden will es wallen,
Wie in der alten Zeit,
Will in den Häusern allen
Verscheuchen Schmerz und Leid.

Doch ist ihm bange worden
Vor Leuten groß und reich,
Drum fragt es aller Orten
Nur nach den Kindern gleich.

Die Mägdlein und die Knaben,
Wenn sie noch fromm und rein,
Bedenkt mit seinen Gaben
Das heilge Kindelein.

Doch hält's nur wen'ge Stunden
Mehr bei den Menschen aus,
Und bald ist es verschwunden,
Zieht heim ins Vaterhaus.

Bis nächstes Jahr klingt wieder
Der Glocken hell Getön;
Die Glocken rufen's nieder
Von seinen goldnen Höhn.

Das ist die wunderbare,
Die heil'ge Weihnachtsmär,
Wie Christkind alle Jahre
Kommt zu den Menschen her.

---

## Liebes=Orakel.

**1.**

„Und willst du wissen, ob hold dir sei
Dein herzallerliebstes Mädchen,
So nimm aus Mutters Lade zwei
Noch ungebrauchte Fädchen.

„Und zieh und lose Sonntags fruh,
Recht in den ersten Stunden,
Und triffst den langen Faden du,
Ist treu dein Lieb erfunden."

So lehrte mich die weise Frau,
Die mit der spitzen Nase.
Sie ist gar kundig und gar schlau,
Ist meiner Mutter Base.

Und als es wieder Sonntag war,
Sprang früh ich aus dem Bette;
Ob ich, das sollt mir werden klar,
Ein treues Liebchen hätte.

Doch als ich nun die Fäden zog,
Sind beide sie zerrissen, — —
Wer sagt mir, ob die Liebste log?
Der Faden will's nicht wissen.

———

2.

„So geh zum grünen Wald hinaus,
Und wirf nach der Edeltanne.
Triffst du sie mit dem Kirmeßstrauß,
So ist dir hold Susanne."

Und vor das Thor kam ich gar bald
Und zu des Haines Gründen,
Wollt in dem tiefen, grünen Wald
Die Edeltanne finden.

Und als ich endlich kam an den Ort,
Und zu den dunkelsten Räumen,
Da lag die Tanne am Boden dort
Zwischen den andern Bäumen.

Der Sturmwind heulte in der Nacht —
Ich hört es halb im Traume —
Sein Wüthen hat ein End gemacht
Dem hohen, edlen Baume.

Wer gibt von Suschens Liebe mir
Die richtigen Bescheide?
Der Faden dort, die Tanne hier,
Sie schwiegen alle beide.

#### 3.

Und wieder sprach die weise Frau,
Der Mutter alte Tante:
„Es ruht ein See so tief und blau
An jenes Berges Rande.

„Am Tage aller Seelen geh
Die moosbewachsenen Wege,
Bis daß du kommst zum blauen See,
Verborgen im Gehäge.

„Ruf dreimal Liebchens Namen dort
Hinab in seine Wogen;
Und hallt die Tiefe nach das Wort,
Bist nimmer du betrogen."

's war wol ein kalter, trüber Gang,
Doch that mich's nicht verdrießen.
Ich eilte dem Gebirg entlang,
Wo still die Wasser fließen.

Doch als ich kam zum blauen See,
Hat sich mein Muth verloren;
Ich klagt' und seufzte Ach und Weh —
Das Wasser war gefroren.

Was fang ich an, wie wird mir's klar,
Ob treu mir blieb Susanne?
Der Faden riß — gefroren war
Der See — gestürzt die Tanne!

―――――

4.

Nicht länger will ich meine Zeit
So ganz umsonst versäumen,
Und fragend rennen weit und breit
Nach allen Wassern und Bäumen.

Will zur Herzliebsten selber gehn,
Gleich in den nächsten Tagen,
Und wie es kam, und wie's geschehn,
Ihr unverhohlen sagen.

Und in dem schönen Angesicht
Da will ich bald es lesen,
Ob sie mir gut ist, oder nicht
Ihr Leben lang gewesen.

----

## Das Lied vom dunkeln Wasser.

Mit rothen Wangen
Mein Kindelein,
Am dunkeln Wasser
Geh nicht vorbei.

Das Wasser ist dunkel,
Das Wasser ist tief;
Durch seine Fluten
Die Geister ziehn.

Und wenn sie dich sehen,
Mein armes Kind,
Sie regen, sie heben
Sich gar geschwind.

Mit Zaubergesängen
Mein armes Kind,
Mit tollen Märchen
Bethören sie dich.

Hörst du ihrer Lieder
Verlockenden Klang,
Er zieht dich zur Tiefe,
Zur Tiefe hinab.

Drum hüt dich, mein armes,
Rothwangiges Kind;
Die Wasser im Thale
Sind schwarz und tief!

## Eleonore.

### 1.

Schön, wie Sommerabendröthe,
Wie der Rose Purpurknospe,
Wie des Lorbeers hohe Ranken
Schön war einst Eleonore.

War die frömmste auch der Jungfraun,
Die im dunkeln Thale wohnten.
Alle Tage fleht' und rief sie
Andachtsvoll zur Mutter Gottes.

Tief in waldesgrünen Schatten,
In der Eiche Stamm verborgen,
Stand das Bild der heilgen Fraue,
Von dem Stralenkranz umflossen.

Dahin wallte jeden Morgen
Andachtsvoll Eleonore,
Das Marienbild zu kränzen
Mit Agleien und Violen.

Betend hob sie dort die Hände
Zu der Hehren, Gnadenvollen:
„Sieh, du Heilige, hernieder
Doch von deinem Goldenenthrone!

„Sieh hernieder auf mich Arme,
Daß ich unter deiner Obhut
Reine, heil'ge Wege wandle,
Ohne Wanken, bis zum Tode!"

―――――

2.

Einmal hat Eleonore
Selbst die Heilige gesehen,
Mit dem Kindlein in den Armen,
Und von Engeln rings umgeben.

Herrlich war sie anzuschauen,
Um das Haupt die sieben Sterne;
Himmelsbläue war ihr Mantel,
Sonnenglanz ihr hoher Zepter.

„Manche bunte Blütenkrone
Flochtest du um meine Schläfe,
Manches Lied hast du gesungen,
Frommes Kind, zu meiner Ehre,

„Komm jetzt mit in meinen Garten,
Wo die Blumen schöner stehen,
Wo die Lieder süßen tönen
Als auf deiner armen Erde."

Also sprach die hehre Fraue,
Und es trugen ihre Engel
Sänftiglich Eleonoren
Zu des Himmels Blumenbeeten.

Wundersame Kränze wanden
An den ewigkühlen Quellen
Dort der Engel frohe Schaaren,
Trugen sie der Maid entgegen.

Schmückten sie mit heilgen Blumen,
Sangen ewige Gesänge
Zu Eleonorens Ruhme,
Der so hohe Gnad' geschehen.

---

### 3.

Endlich sprach die Benedeite,
Segnend noch die Erdenjungfrau:
„Lange warten sie schon deiner
In des Thales dunklem Grunde.

„Mußt zur Erde wiederkehren,
Zu der Heimat stillen Fluren;
Wo mir deine Lieder tönten,
Wo mich schmückten deine Blumen."

Und auf purpurfarbnen Flügeln
Engel sie herniedertrugen.
Durch die Wolken, durch die Lüfte
Kamen sie in schnellem Fluge.

Kamen bis zum dunkeln Thale,
Wo mit Liedern und mit Blumen
Brünstiglich Eleonore
Einst verehrt die Gottesmutter.

Doch wie hatte sich verändert
So die Flur in wenig Stunden!
Von dem Walde sah man nichts mehr,
Und das Bild war ganz verschwunden.

Andre Häuser, andre Gärten
Ziehen nieder sich am Flusse;
Andre Heerden klimmen mühsam
Auf des Bergpfads steilen Spuren.

In die nächste Fischerhütte
Trat die Maid mit scheuem Fuße,
Fragte unter fremden Leuten
Nach dem Vater, nach der Mutter.

Aber Keiner wollt sie kennen,
Wichen Alle scheu und furchtsam
Vor der plötzlichen Erscheinung;
Meinten gar, es sei ein Wunder.

So von Hütte wol zu Hütte,
Staunend pilgerte die Jungfrau;
Aber nirgend hat Verwandte,
Nirgend Freunde sie gefunden.

Endlich kam ein greiser Priester,
Der viel alte Sagen wußte.
Weiser Bücher hat er viele,
Voll von ferner Zeiten Kunde.

Der hat in den Pergamenten
Klar und deutlich es gefunden,
Daß vor siebenhundert Jahren
Diese Jungfrau war verschwunden.

Alle Leute schaudernd flohen
Bei der wunderbaren Kunde,
Die sie von Eleonoren
Hörten aus des Alten Munde.

---

## Drei Schläfer*).

Vom alten Barbarossa, da sang schon mancher Mann,
Wie er träumt' und schlummert in tiefen Zaubers Bann,

*) Vergl. 1. Abth. S. 20.

Und wie er wiederkommen auch soll zu seiner Zeit;
Dem deutschen Volk zu bringen Freiheit und Einigkeit.

In des Kyffhäusers Grunde hab ich ihn selbst gesehn,
Und um ihn her die Schaaren der alten Zwerge stehn.
Vor ihm lag das alte blutbeschriebne Buch,
Darin steht viel des Segens, auch mancher schwere Fluch.

Drin steht des Volkes Schicksal, seine Lust und auch sein Schmerz,
Und wie sie es bedrücken mit Golde und mit Erz.
Flüsternd in halbem Traume, der alte Kaiser liest,
Und seufzet, daß noch ferne uns die Erlösung ist.

Ein Blatt ist in dem Buche, wenn das der Kaiser sieht,
Sein gramgebleichtes Antlitz im Schlummer selbst erglüht.
Das ist die schönste Stelle in seinem alten Buch,
Und nie liest er sich müde an dem gewaltigen Spruch.

Von seinen zwei Genossen das Pergament besagt,
Die auch mit Sehnsucht harren, daß bald der Morgen tagt;
Daß bald die Zeit verrinne zum frohen Auferstehn,
Daß bald im Vaterlande der Freiheit Fahnen wehn.

Das sind gar alte Schläfer: Herrmann und Wittekind,
Doch sind dem Vaterlande sie stets noch treu gesinnt.
Tief in Westfalens Marken die Herrmannsburg sich hebt,
An ihrem Fuße sorglos der Bauer den Acker gräbt.

Doch unten in der Tiefe da ruht der Alte aus
Seit achtzehnhundert Jahren von seinem Römerstrauß.
Am Ende wird ihm bange bei seiner langen Rast;
Grimm, daß die Funken stieben, sein rostiges Schwert er faßt.

Wo sich Westfalens Pforte auf vor dem Wandrer thut,\*)
Dort Wittekind, der starke, in Berges Schooße ruht.
Auch ihn will es bedünken, der Tag sei vor dem Thor;
Er hebt in wilden Träumen die Streitart drohend empor.

Wenn einst der Ostermorgen anbricht nach langer Nacht,
Dann kommt der alte Rothbart hervor aus tiefem Schacht,
Mit ihm die Seinen alle, sie eilen froh herzu,
Und wecken die Gesellen, die zwei aus ihrer Ruh.

Die drei Erstaubnen ziehen mit ihrem gewaltigen Heer
Durch all die weiten Gaue des deutschen Lands umher,
Und wo sie Einen finden, erglühend in heiligem Muth,
Da nehmen ihn die Starken in ihre treue Hut.

Und übrig bleibet Keiner, sie eilen Alle herbei
Wol zu dem goldnen Banner, das schwingen diese drei.
Und „Freiheit! Einheit!" jauchzen Alle im deutschen Land,
Erheben sich und reichen als Brüder treu die Hand.

Wenn dann kein einzger Sklave auf deutscher Flur mehr weint,
Wenn freie, frohe Leute die Sonne nur bescheint, —
Dann leget Euch, ihr Dreie, zur langersehnten Ruh,
Es decket freie Erde dann Eure Gräber zu.

---

\*) Porta Westfalica bei Minden.

✶